흰 장미의 심연까지

흰 장미의
심연까지

나카야마 가호 장편소설

김재원 옮김

白 い 薔 薇 の 淵 ま で

은행나무

차례

흰 장미의 심연까지   7

일러두기
본문 하단의 각주는 모두 옮긴이의 것이다.

1

그때 나는 마흔셋이었고, 뉴욕의 기노쿠니야 서점에 있었다.

그런 곳까지 갔던 건 분명 어지간히 일본어에 굶주려 있
었기 때문이리라. 일본어를 거의 한마디도 하지 않는 날들
이 몇 달이나 이어졌고, 가지고 있던 문고본도 다른 사람에
게 주거나 호텔에 깜빡 두고 오면서 차례차례 사라져, 무작
정 일본어 활자를 읽고 싶었다. 심지어 평소라면 좀처럼 읽
지 않을 야마모토 슈고로*나 무로 사이세이**를, 막 튀긴 크

---

*   시대소설과 대중소설로 쇼와시대에 이름을 알린 소설가(1903~1967). 권위에
       대항하는 서민적인 소설로 독자의 폭넓은 지지를 얻었다.

**   시인이자 소설가(1889~1962). 서정시를 쓰며 다이쇼시대의 시 문단에서 두각
       을 드러냈고, 이후 독특한 시적 감각을 바탕으로 한 자전소설 등을 다수 집필
       했다.

로켓이나 먹다 남긴 카레를 그리워하듯 갈구했다. 오래 일본을 떠나 있다 보면 간혹 그럴 때가 있다. 공교롭게도 서점에 무로 사이세이는 없었지만, 대신 생각지도 못한 책을 발견할 수 있었다.

그 책은 일본어 책 코너가 아니라 일본 작가의 영역본 코너에 있었다. 경애하는 작가의 책 사이에 끼어 무척이나 행복해 보였다.

RUI YAMANOBE.

거의 10년 만에 재회한 이 이름을, 나는 정신이 아득해지기 직전까지 물끄러미 바라보다 간신히 집어 들었다. 루이(累)가 아니라 RUI라고 쓰여 있는 탓인지 아니면 10년이라는 세월 때문인지 그리 동요치 않고 스스로도 놀랄 만큼 차분하게 그 책을 손에 쥘 수 있었다. 먼저 무게를 확인하고 표지를 살짝 쓸어본 후 루이의 냄새를 맡듯 책 냄새를 맡았다. 가슴 속에 종이와 잉크의 청결한 향이 흘러들었다.

그 순간 내 머릿속에 떠오른 건, 아무 맥락도 없는 이런 말이었다.

'돌아가고 싶지, 지구에.'

'돌아갈 수 있다면.'

아마도 조난을 당한 우주비행사를 그린 영화인가 연극의 대사였을 것이다.

왜 그런 말이 떠올랐는지는 잘 모르겠다.

그 맥락 없음이 우스워서 나는 조금 웃었을지도 모르겠다.

태어난 나라를 떠나 몇 년이나 타향에서 방황한 끝에 이 도시에서 직업을 찾고 정착한 지도 벌써 수년이 흘렀다. 그 말은 이런 내 센티멘털리즘의 발로였을까, 아니면 더 멀고 긴 여행을 하고 있는 이 책에게 건네는 위로의 말이었을까.

한눈에도 커플로 보이는 젊고 세련된 남자 둘이 옆에서 같은 책을 들고 있는 게 보였다. 이 책은 그녀의 두 번째 소설로, 여성 간의 성애를 그린 동성애 문학의 걸작이라고 칭송받았다. 표지에 그럴싸한 사진을 사용한 덕에 그들의 후각에 걸려들었으리라. 두 사람은 아주 진지하게 살지 말지 이야기를 나누는 듯한 모습이었다.

곧 그들과 눈이 마주쳤고, 우리는 자연스레 미소를 지었다.

"이 작가를 아시나요?"

"네, 대단한 작가예요."

나는 당당하고 기세 좋게 대답했다.

"일본에선 인기가 있나요?"

내게는 그 질문에 대답할 자격이 없었다. 벌써 10년 가까이 일본 서점에 들러본 적도 없거니와 일본 신문이나 잡지도 읽지 않았기 때문이다. 나는 시바 료타로*가 죽었다는 사실도 오랫동안 몰랐고, 한심한 도라 씨**가 끝없이 이어지고 있다고 생각했다. 하지만 이렇게 영역본이 나올 정도이니 그 시절보다 조금은 더 읽히게 된 것이리라. 설령 이곳이 뉴욕이라는, 동성애 문학에 특별히 관심이 많은 도시이기 때문이라 해도, 나는 그게 마치 내 일처럼 기뻤다. 버리고 온 10년이 그것만으로 보상받는 기분이었다.

"제가 알기론 소수의 독자에게 깊이 사랑받는 행복한 작가였어요."

"이 작가는 아직 젊나요?"

"스물여덟에 죽었어요. 10년 전에."

텐, 이어즈, 어고, 하고 말한 순간 눈앞에서 스르르 시간의 주술이 풀려, 나는 비 냄새 물씬한 도쿄 서점에 있었다. 지난 10년간 계속 비 냄새 나는 서점에서 매미의 합창을 들어온 것 같은 기분이다. 장미의 잔향은 늘 귀 뒤에 남아 있었다.

---

*   소설가 겸 평론가(1923~1996)로, 신문사 재직 중 집필한 《올빼미의 성》으로 1960년에 나오키상을 수상하며 크게 주목받았다. 전기와 평론을 섞은 독특한 역사소설 스타일을 확립시키며 일본 역사소설의 황금기를 열었다.

** 1969년부터 약 30년간 48편이 제작된 야마다 요지 감독의 드라마·영화 시리즈 〈남자는 괴로워〉를 가리킨다. 주인공 도라지로의 이름을 따서 '도라 씨 시리즈'로 불리기도 한다.

나는 뇌 뒤편에 하얀 장미를 심은 적이 있다.

꽃을 피운 아이는 손에 꼽을 정도밖에 없었다.

RUI가 루이였을 때, 꽃잎은 내 머릿속에서 몇 번이고 넘쳐 흘렀다.

생명을 찌르는 가시와 함께.

돌아가고 싶지, 지구에.

돌아갈 수 있다면.

돌아갈 수 있다면.

돌아갈 수 있다면.

동성애자라고 하면 오른손 중지를 노골적으로 쳐다보는 그런 인간에게 루이 이야기는 하고 싶지 않다. 우리는 결국 완전한 동성애자는 되지 못했다. 그렇게 살 수 있었다면 얼마나 좋았을까. 우리는 그 무엇도 되지 못했다.

루이가 남자였다면, 내가 여자가 아니었다면, 하고 생각한 적은 한 번도 없었다. 나는 스스로의 성(性)을 긍정하듯 루이의 성도 받아들이고 사랑했다. 성별이란 건 어차피 모자의 리본 같은 존재다. 의미 따위 없다. 리본 색에 집착해 모자 그 자체의 매력을 깨닫지 못하는 척하는 건 한심한 짓이다. 자기 머리에 꼭 맞는 모자를 발견하는 건 사실 아주 어려운 일이다. 도쿄에 있는 모자 가게를 죄다 돌아다니며 찾아보면 알 수 있다. 백 개 중 하나가 있을까 말까다. 그러니 이거다 싶은 모자를 발견했을 땐 망설이지 말고 사버리는 게 좋다. 리본이 마음에 들지 않으면 떼어버리면 그만이다. 중요한 건 우주 끝에서 미아가 되었을 때 누구와 교신을 하고 싶은가 하는 점이다.

　루이를 생각하면 늘 초겨울 찬 바람 소리가 들리는 듯하다.
　그때 나는 스물아홉이었고, 도쿄에서 회사를 다녔다.
　루이를 만나기 전까지는 설마 내가 여자와 사귀게 되리라 곤 생각지도 못했다. 내게는 늘 남자가 있었고, 나는 남자를 좋아한다고 생각했다. 여고시절에 보이시한 선배에게 러브 레터를 받기도 했지만 내가 먼저 마음이 설렌 적은 한 번도 없었고, 젊은 남자 선생님에게 푹 빠져 지냈다. 대학교 1학년 때 처음 성 경험을 했고, 그때부터 섹스라는 행위를 내 인생 에 긍정적으로 받아들였다. 서른이 되기까지 남자 넷과 사귀 었고 각자 나름의 섹스를 즐겼다. 사랑이 끝나 그 남자와 헤 어지면 또 다른 남자가 다가와 곧바로 새로운 사랑이 시작되 었다. 그래서 내게는 실연 기간이랄 게 거의 없었다. 남자들 은 모두 예외 없이 다정했다.
　루이에게 처음 안겼을 때, 나는 지금까지 해왔던 섹스가 그저 스포츠에 지나지 않았다는 사실을 알게 되었다. 루이는 전혀 다정하지도 않은 데다 내가 만난 인간 중 가장 오만하고 성격 나쁜 녀석이었음에도 불구하고. 난생처음 경험한 성의 황홀함과 견디기 힘든 인간성을 향한 증오가 동시에 들이닥쳐 나는 뭐가 뭔지 알 수 없게 되었다. 뒤흔들리고 엉망진창으로 휘저어져 맥없이 사랑의 덫으로 추락했다. 정신을 차렸을 땐 세상 가장 제멋대로인 여자에게 몸도 마음도 흠뻑 빠진 후였다.

야마노베 루이는 정말이지 폭탄 같은 인간이었다. 얼굴만 보면 아주 쿨하고 영리한 인상이다. 동안인 덕분에 순진무구해 보이기까지 한다. 그러나 껍질을 한 장 벗겨내면 틀림없는 일종의 성격파탄자였다. 다정함이나 배려 따위는 거의 없었다. 부정적 에너지를 거리낌 없이 여기저기 퍼뜨리고, 지독하게 차가운 눈으로 세상을 바라보았다. 상식이 없는 데다 원치 않는 일은 절대 하지 않는 성격이라 직장생활 따위는 불가능했으므로 혼자서 묵묵히 하는 일, 예컨대 소설을 쓰는 일 정도밖에 어차피 할 수 없었으리라. 그런 인간적 결함에도 불구하고, 아니, 그것 때문이라고 말해야 할까, 신에게 유일하게 부여받은 집필 능력에 매달려 야마노베 루이는 작가가 되었다.

그렇다곤 해도 우리가 처음 만났을 때 그녀는 아직 작품을 하나밖에 발표하지 않은 상태였다. 데뷔작은 이름도 없는 출판사에서 조용히 출간되어 세간에서는 거의 묵살당했지만, 너무나도 독특하고 희소한 작품이었기 때문에 어느 평론가의 잡지 서평에서 언급되었다. 그 작품은 열다섯 된 쌍둥이 남매가 열렬한 사랑에 빠져 그걸 금지한 부모를 둘이 함께 죽여버리는 내용의 처참한 소설이었다. 누나와 남동생이 관계를 가질 때의 뼈와 뼈가 얽혀드는 듯한 격렬한 에로스와 부모를 때리고 찔러서 죽인 후 사체를 잘게 토막 내는 묘사의 묘한 리얼리티 덕에 그 소설은 지극히 소수이긴 하나 열렬한 독자를 얻었다. 게다가 그 소설을 쓴 작가가 아직 열아홉 소녀이고 책 속지에,

세상 가장 사랑하는 남동생의,
피와 살에게

라는 헌사를 바쳤다는 점도 독자의 호기심을 자극했다.

나도 그 서평을 통해 루이를 알게 되었다. 글을 쓴 건 독설로 유명한 오즈 고스케라는 평론가로, 어지간해선 작품 칭찬을 하지 않는 사람이다. 그렇다기보다 온갖 말을 동원해 욕을 퍼붓는 일을 삶의 보람으로 삼는 듯한 남자였다. 그의 글엔 일말의 자비도 없어서 그래서야 인맥이 좁아지는 건 아닐

까 나도 모르게 쓸데없는 걱정을 하게 될 정도였지만, 그는 팬이 많았고 나도 사실 꽤 좋아했다. 그런 오즈가 생판 무명 출판사에서 나온 생판 무명 신인의 작품을 다뤘다는 사실만 으로도 이례적인데, 기술적 미숙함을 철저하게 꾸짖은 후에,

장 주네*의 재림

이라는 아찔한 찬사까지 부여한 것이다.

"오오, 오즈 고스케가 그렇게까지 말하다니."

흥미가 생겨 읽어보고 싶어졌다.

그러나 그 책은 좀처럼 파는 곳이 없었다. 시내에 나간 김에 큰 서점에 들러 찾아봤지만 발견하지 못했다. 일부러 주문까지 할 마음은 없어서 일단은 그 책을 의식 밑바닥에 넣어두었다. 그때였다. 회식이 끝나고 돌아가는 길에 훌쩍 들른 심야의 아오야마 북센터에서 나는 그 책과 조우했다.

"아아, 있네."

---

*   프랑스의 시인이자 소설가 겸 극작가(1910~1986). 사생아로 태어나 마약과 매춘, 범죄로 점철된 불우한 유년시절을 거쳤으며, 형무소에서 쓴 《꽃의 노트르담》이 장 콕토의 눈에 들면서 본격적인 작가 생활을 시작했다. 외설스럽고 난잡한 세계를 독특하고 관능적인 철학과 기법으로 그려내어 높이 평가받았다.

술이 들어간 상태라 무심코 소리 내어 그렇게 말했을지도 모른다. 나는 책을 들고 팔랑팔랑 들춰보았다. 저자 약력도, 저자 사진도, 후기도 없었다. 제목이나 저자의 이름조차 자세히 찾아보지 않으면 알 수 없을 만큼 작디작게 나와 있었다. 장정은 더할 나위 없이 평범해서 마치 눈에 띄고 싶지 않아, 아무도 발견하지 못해도 상관없어, 라고 말하는 듯했다. 누가 읽어주지 않아도 딱히 관계없다는 듯한 자포자기의 분위기가 책 전체에 감돌았다. 게다가 200페이지도 되지 않는 두께인데 2천 엔이나 했다.

나는 망설였다. 살지 말지를 고민하다가 퍼뜩 깨달았다. 지금 지갑 속에 든 건 천 엔짜리 지폐 한두 장뿐이다. 회식에서 써버린 것이다. 잔돈까지 다 긁어모으면 못 살 것도 없지만, 돌아가는 길에 편의점에서 내일 아침밥을 사야 하는 데다 혹 막차를 놓칠 경우를 생각하면 역시 오늘은 사지 않는 게 좋을 터다.

나는 책을 책장에 도로 두고 대신 다이어트 특집이 실린 잡지 앙앙을 사서 돌아가기 위해 잡지 매대로 갈 참이었다. 그때였다.

"그 책 안 사시나요?"

모르는 여자가 갑자기 말을 걸었다.

"네? …… 아, 그게…….'

갑작스러운 일이라 뭐라고 말해야 할지 알 수 없었다.

"사면 좋을 텐데."

그 사람은 약간 화가 난 듯한 말투로 다시 말했다.

"왜요?"

"고민했잖아요? 그러니까."

아까부터 관찰당했다고 생각하니 조금 욱했다.

"그쪽은 이 책 읽었나요?"

그녀는 거기에는 답하지 않고 왜인지 머뭇거렸다.

"그렇게 재밌으려나."

"네, 뭐."

"흠."

나는 다시 한번 책을 들고 바라보았다. 첫 장면을 읽어본다. 가만히 나를 바라보는 그녀의 시선이 느껴진다. 뭐지, 이 녀석은. 만약 지금이 대낮이고 술이 들어가지 않은 상태라면 가볍게 무시하고 지나갔을 것이다. 나는 페이지를 넘긴다. 잘 읽히는 문장은 아니다. 다듬어지지 않은 데다 독특한 리듬이 있지만, 그래도 아주 쉬운 말로 쓴 문장이다. 맨정신일 땐 좀 더 편하게 읽을 수 있으리라.

"알겠어요. 사죠."

그렇게 말하고 고개를 들었을 때 이미 그녀는 없었다. 다른 매대로 향하는 뒷모습이 보였다. 뭘까 싶었지만 나는 내

일 아침밥과 양앙을 포기하고 책을 계산대로 가져갔다.

밖에 나가니 막 비가 내리기 시작한 참이었다. 지하철역까지 뛰어가려는 내게 누군가 우산을 씌워주었다.

"아, 아까 그."

"역까지 쓰고 가요."

"고마워요."

정신을 차려보니 나는 모르는 사람과 한 우산 밑에서 걷고 있었다. 그게 하나도 이상하지 않게 느껴졌던 건 그녀의 방식에 아주 자연스럽고 강압적인 구석이 눈곱만큼도 없었기 때문이리라.

인디고블루 청바지에 색 바랜 하얀 면 셔츠, 그런 무심한 옷차림이 이토록 멋있어 보이는 사람은 처음이었다. 화장기도 없고 반지나 목걸이, 귀걸이도 하지 않았는데 어째서 이렇게 우아해 보일까. 나보다도 체격이 작고 마른 몸인데, 한 우산 밑에서 나란히 걸으니 어쩐지 쏙 기대고 싶어지는 안심감이 느껴졌다.

그녀는 역까지 가는 짧은 거리를, 절대 내가 젖지 않도록 배려하면서 아까처럼 나를 지그시 바라보며 걸었다. 전혀 불쾌하지 않은 시선이었다. 불쾌하기는커녕 그녀의 시선을 받으니 가슴이 뛰었다. 이제껏 살면서 이런 식으로 누군가의 시선을 받은 적은 한 번도 없었던 듯한 기분이었다. 역이 좀 더 멀다면 좋을 텐데, 하고 생각했다.

역에 도착하자 그녀는 처음으로 생긋 미소 지으며 물었다.

"어디까지 가세요?"

"가쿠게이 대학이요."

"역에서 몇 분?"

"10분 정도?"

"그럼 이거 들고 가세요."

그녀는 선뜻 우산을 내밀었다.

"아, 아뇨, 괜찮아요."

나는 당황해 사양했다. 하지만 그녀는 자기에겐 전화하면 마중을 나와주는 친구가 있다는 둥 하면서 억지로 내게 우산을 쥐여주었다. 그때 스친 그녀 손의 부드러움이 내 손바닥에 오래오래 남았다.

"그런데 어떻게 돌려드리면 될지."

"다음번에 그 서점에 올 때 알려주면 가지러 갈게요."

"그럼 연락처 써주세요."

나는 쓸 것을 찾았지만 마침 가진 게 아무것도 없었다. 하는 수 없이 방금 산 책을 내밀었는데 이번엔 펜이 없다. 그녀도 가방 안을 뒤적인다.

"이거밖에 없어서."

그렇게 말하며 립스틱을 건네자 책 커버가 아니라 표지의 다음 장, 보통 사인을 하는 곳에 전화번호 열 자리를 쓰더니 그 밑에 아이 같은 글씨로 이름 같은 것을 덧붙여 썼다.

막차 안에서, 나는 좌우로 물결치는 혈흔 같은 붉은 글자가 야마노베 루이라는 사실을 뒤늦게 깨달았다.

2

"루이라는 글자, 일루, 이루, 할 때 루이지? 야구 좋아해?"

"아버지가. 옛날에 선수였던 모양이야."

"프로야구?"

"응. 아홉 달 만에 관뒀지만."

"그럼 야마노베 루이가 본명?"

"응, 이상한 이름이지?"

우리는 그로부터 사흘 후 하이유자 극장의 지하에 있는 바에서 술을 마셨다. 아오야마 북센터 앞에서 우산을 돌려주고 보답으로 여기에 데려온 것이었다. 나는 그녀가 묻기 전까지 먼저 소설의 감상을 말하지 않았다. 그녀의 소설에서 받은 인상보다 그녀에게 받은 인상이 훨씬 좋았다. 소설은 별로였지만 그녀에게는 매력을 느낀다. 그런 소설을 다시 읽고 싶진 않지만 그녀와는 다시 만나고 싶었다.

"좋은 이름이야. 가와시마 도쿠코라는 이름이 훨씬 이상하지."

루이는 처음엔 연하답게 나를 '가와시마 씨'나 '도쿠코 씨'라고 불렀다. 그게 얼마 안 가 '도쿠 짱'에서 '쿠 짱'으로 바뀌었고, 거기서 더 변형해 '쿠치'라고 부르게 된 건 훨씬 더 애정이 깊어진 후부터였다.

"가와시마 씨는 결혼했어?"

"아마 하게 되지 않을까. 지금 만나는 사람이랑."

"아아, 그렇구나. 있구나."

루이는 아무렇지 않은 듯 말했지만, 그 얼굴을 보고 덜컥 가슴이 뛰었다. 지독하게 상처받아 당장이라도 울 것 같은 얼굴이다. 내가 너무 심한 말을 해버린 건가 싶었다.

"할 수도 있고 안 할 수도 있어. 질긴 인연이라고 해야 하나. 연애 감정은 진작 졸업해서 친구나 형제 같아. 학창시절부터 10년이나 사귀고 있거든. 그동안 서로 몇 번 다른 연애도 경험했고. 근데 결혼 상대는 역시 기하치로가 아닐까 싶어. 그게 다야. 기하치로는 그 사람 이름. 웃기지."

나는 당황해서 변명하듯 비굴하게 말했다.

"너는? 애인 없어?"

"그런 성가신 건 없지만 좋아하는 사람은 최근에 생겼어.

아직 짝사랑이지만."

"어머. 어떤 사람?"

"엄청 예쁜 연상의 여자."

루이는 그렇게 말하며 주눅 들지도 않고 똑바로 나를 응시
했다. 나는 갑자기 날아갈 듯 기뻐졌다.

"여자를 좋아해?"

"남자든 여자든 별로 상관없는 거 같은데."

"그건 그렇지. 우리 회사에도 게이인 남자가 있거든. 다른
가게로 옮길까?"

이미 눈으로 좋아한다는 고백을 받았는데도 욕심 많은 나
는 입으로 그 말을 하게 만들고 싶었다. 우리는 자리를 세 번
이나 옮겨가며 아침까지 술을 마셨다. 루이는 계속 눈으로
만 내게 구애했다. 빨려 들어갈 듯한 갈색 눈이었다. 그러나
각도에 따라선 초록색으로 보이기도 한다. 이 얼마나 신기한
색인지. 그 눈을 가만 들여다보면 투명한 호수 수면에 비치
는 얼굴처럼 또렷한 정념 하나를 발견할 수 있다.

그건 사랑이라고 부를 수밖에 없는, 부자유하고 이해할 수
없는 강렬한 감정이었다. 이 사람은 나를 좋아하기 시작했
다. 아니, 이미 너무 많이 좋아한다. 애처로울 만큼 그게 전해
진다. 이렇게나 정직하고 서툰 인간은 본 적이 없다. 남자에
게 이렇게 노골적인 시선을 받으면 불쾌한데, 그녀의 시선에

는 왜 점점 기분이 좋아지는 걸까. 이런 경우 남자의 목적은 섹스뿐이지만 여자의 시선에는 그런 노골적인 느낌이 없기 때문일까. 아니면 그녀의 눈동자가 지나치게 투명해 나 자신의 정념이 거기 비친 것일까.

마지막 가게를 나올 때, 아, 그러고 보니 생각났는데, 하는 느낌으로 루이가 말했다.

"소설 읽었어?"

조금 과음한 것인지, 솔직하게 별로였다고 말해버렸다. 그 말을 곧바로 후회하게 만들 만큼 루이는 상처받은 표정을 감추지 않았다.

"미안. 기분 나빴어?"

"딱히. 그걸 좋다고 하는 사람은 좀 별로야."

"넌 더 좋은 소설을 쓸 수 있을 거 같아."

"당신이 편집자라도 되나 보지?"

그 말에 나는 얼어붙었다. 그녀의 눈에서 정체 모를 증오와 이미 손쓸 수 없을 만큼 부풀어 오른 사모의 감정이 뒤섞이고 대립하며 번쩍였다. 방금 전까지 사랑의 예감으로 날아오르던 내게 찬물을 끼얹는 두 개의 갈색 눈동자. 이런 눈동자의 소유자에겐 말을 신중히 골라야 한다는 사실을 나는 그 순간 학습했다. 루이는 청바지 주머니에 양손을 찔러 넣고 엷게 밝아오는 하늘을 올려다보며 길 위에 우뚝 서 있었다.

그 근사한 모습은 꼭 가느다랗고 길게 하늘로 피어오르는 한 줄기 연기 같았다. 의지할 곳 없고 실재하지도 않는 화장터 연기 같았다. 사랑에 빠진 건 내 쪽이라는 사실을 깨달았다.

"택시비 줄게. 멀리까지 가야 하잖아."

"필요 없어."

"첫차 기다리려고? 우리 집에 안 갈래?"

나는 좀 더 루이와 함께 있고 싶었다. 누군가와 밤새 마시고도 피곤함을 느끼지 않은 건 학창시절의 기하치로 이후 처음이었다.

"가면 어떻게 될지 몰라."

"어떻게 되든 상관없잖아."

유혹하고 있다. 내가, 여자를 유혹하고 있다. 지금껏 남자가 집요하게 구애하지 않으면 사귈 마음도 들지 않던, 그런 내가?

"키스해도 돼?"

"여자랑 키스 정도는 해본 적 있어."

"정말? 정말? 정말로?"

루이는 아이처럼 눈을 빛내며 몇 번이나 외쳤다. 그러나 그건 거짓말이었다. 허세를 부린 것이다.

"누구나 다 있지. 넌 없어?"

"뺨에 하는 거 말고. 진짜 키스 말하는 거야."

"혀도 넣었어. 넌 어떤데?"

"콧구멍에 넣은 거 아냐? 여기에 혀를 넣는 게 진짜야."

루이는 롯폰기 사거리에서 갑자기 내 이마에 자기 이마를 맞대더니 키스 자세를 취했다. 관객 수는 충분했다. 바로 근처에서 백인 남자와 일본인 여자 커플이 보란 듯이 꽤 진한 키스를 하는 중이었고, 나는 그 커플의 키스보다 우리의 키스가 더 눈에 띄리라고 자신했다.

심호흡을 하고, 눈을 감고, 루이의 입술을 기다렸다. 그런데 그때 갑자기 입 안으로 풍선껌이 들어왔다. 나보다 어리고 남동생 같은 여자에게 놀림을 당한 게 분하고 부끄러워 얼굴에서 불이 날 것 같았다.

택시 안에서 루이는 말이 없었다. 나를 보려 하지도 않고 창밖만 바라본다. 굉장히 긴장한 상태라는 게 느껴진다. 나는 뭐든 해야겠다고 생각했다.

"껌 뱉고 싶은데 껌 종이 있어?"

루이는 주머니를 뒤적여 껌 종이를 주었다. 그러고는 하나를 먹었다.

"껌 하나 더 있어?"

"미안. 이게 마지막이었어."

루이는 방금 전과 똑같은 눈으로 나를 보았다. 나를 놀린 장난꾸러기를 혼내줘야겠다는 생각으로 나도 같은 눈으로 바라보았다. 그러자 루이는 더 참을 수 없다는 듯 몸을 기울여 얼굴을 바싹 붙이곤 씹던 껌을 내 입에 넣기 위해 입술을 가까이 가져왔다.

껌의 맛 따위는 기억나지 않는다. 나는 단숨에 녹아버렸다.

택시 기사의 시선에도 개의치 않고, 루이는 천천히 몇 번이고 키스했다.

이렇게까지 피부가 간질거리고 몇 번이라도 하고 싶어지는 키스는 처음이었다.

가뭄 후 내리는 단비처럼 부드럽게, 루이의 피부가 내 피부에 스며들었다.

당연한 말이지만 남자의 피부와는 전혀 다르다. 촉촉하게 어우러진다. 맨몸으로 붙어 아무것도 하지 않아도 충분히 기분이 좋다. 아무것도 하지 않아도 좋은데, 루이의 손과 혀는 멈추지 않는다. 쓰다듬듯 핥았다가 핥듯이 쓰다듬었다가 깨물었다가 빨아들였다가 손톱을 세웠다가. 그 모든 일을 하면서 열 개의 손가락과 하나의 혀가 내 온몸의 성감대를 깨운다. 인간의 몸이란 건 얼마나 음란하게 만들어진 걸까.

페니스가, 정액이, 그런 것들이 없는 몸을 이만큼 성적으로 아름답다고 생각한 적은 없었다. 강하고 맹렬한 것이 내 안으로 들어오는 일. 그걸 기다리는 게 섹스라고 생각했던 나는, 그저 반복해서 삽입당하는 일이 여자의 기쁨이라 믿었던 나는, 그렇지 않다는 사실을, 그 한심함을 태어나 처음으로 깨달았다.

이 사람은 그저 섹스만을 배워버린 어린아이로구나, 침대 위에서 여러 여자들에게 사랑받고 오로지 거기에만 열중하며 살아온, 순수하게 배양된 아이로구나. 나는 그렇게 생각했다.

"있잖아, 이런 거 누구한테 배웠어?"

"지금 막 혼자 익힌 거야."

"거짓말. 내가 몇 번짼지 말해."

"여자는 처음. 남자한테 배운 걸 활용하는 거야."

나는 조금 혼란스러워졌다. 루이는 동성애자가 아닐까 생각했는데, 바이섹슈얼이라는 걸까.

"남자랑 여자 어느 쪽이 좋아?"

"둘 다 좋고, 둘 다 싫어."

"그러니까, 그, 섹스할 땐?"

"너랑 하는 게 제일 좋은 거 같아."

입에 발린 말이라도 기뻤다. 그러나 그녀에게 애무의 기술을 철저하게 가르친 인물이 어딘가에 존재한다고 생각하면 타는 듯한 질투심이 느껴졌다.

나는 루이의 테크닉에 반한 게 아니다. 그녀가 열중하는 모습에 감동받은 것이다. 루이는 무척 다급하게, 다음 기회 따위는 없는 것처럼 정신없이 나를 안았다. 절실하게 원하면서 무아지경인 상태로 내 몸에 맹렬히 달려들었다. 탐욕, 탐닉 같은 말이 딱 알맞았다. 젊은 인간의 건전한 성욕이라기보다 육식동물이 생사가 걸린 식욕을 채우는 듯한 느낌이었다.

이튿날은 일요일이라 우리는 저녁까지 침대 속에 있었다.

오후 1시쯤 전화가 울렸지만 받지 않았다. 루이가 한창 내 온몸을 핥고 있을 때였다. 자동응답기를 설정해두었지만 녹음된 메시지 없이 전화는 끊어졌다. 나는 그게 누구인지 잘 알고 있었다.

2시쯤에도 전화가 울렸다. 루이의 손가락이 내 안을 천천히 휘젓고 있을 때였다. 심하게 젖은 목소리가 나올 것 같아 수화기를 들 수 없었다.

3시에 전화가 울렸을 땐 루이가 내 가슴을 입에 문 채로 잠든 상태였기 때문에 깨우고 싶지 않아 전화를 받지 않았다. 그러자 이번엔 메시지가 들어왔다.

"난데."

오늘 만날 예정이었던 기하치로의 부루퉁한 목소리였다. 땀으로 젖은 루이의 부드러운 머릿결을 쓰다듬으며 이것도 일종의 바람일까 생각했다. 그에게 죄악감은 별로 느끼지 않았다. 나와 그는 한 달에 한 번, 많아야 두 번밖에 만나지 않는데, 만나도 섹스는 거의 하지 않는다. 젊을 때 실컷 했기 때문에 새삼 그럴 마음이 들지 않는다.

"다시 걸게."

기하치로는 짤막하게 그 메시지만 남기고 끊었다. 루이는 눈을 감은 채 내 다리 사이에 자기 다리를 휘감고 단단히 끼워 넣었다.

우리는 해가 저물 때까지 아무것도 먹지 않았다. 서로의 몸 외에는 먹지 않았다. 그렇다고는 해도 첫날엔 루이가 일방적으로 나를 탐하고, 나는 그녀가 주는 것을 받는 일에만 열중해 돌려주질 못했다. 역시나 아직은 부끄러웠다.

"미안. 어떻게 해야 될지 모르겠어."

"아무것도 안 해도 돼. 해주는 걸 더 좋아하니까."

"배 안 고파? 뭐 좀 만들까?"

"아무것도 필요 없어. 이거면 되니까."

루이는 내 가슴을 물고는 아이처럼 쪽쪽 빨아들였다. 왜인지 가슴을 쥐어뜯기는 듯한 뜨거운 감정이 북받쳤지만 나는 이미 한계였다.

"배고파 죽을 것 같아. 먹으러 나가자."

루이는 나를 바라보며 상점가를 걸었다. 나도 루이를 바라보았다. 여자 둘이 손을 잡고 서로를 바라보며 걸으니 뒤돌아보는 사람이 몇 있었다.

"우리 좀 눈에 띠나."

"에로스가 느껴지는 걸지도."

"만약에 루이가 남자였으면 나랑 결혼해줄 거야?"

"난 아무하고도 결혼 같은 건 안 해."

생각지 못한 단호한 말투에 조금 상처받았다.

"왜?"

"호적제도 자체가 천황제 존속을 위한 거라고, 그러니까 자기는 결혼 같은 건 안 한다고, 임신한 여자친구한테 엄청 진지한 얼굴로 말한 멍청한 남자가 있었대. 어디서 주워들은 말이겠지만. 뭐, 내 이야긴 아니고."

"너도 그런 사상을 가진 거야?"

"공교롭게도 사상이랑 현금은 가진 게 없어서."

"아이는 갖고 싶지 않아?"

"내가 이 세상에서 제일 싫어하는 게 야구랑 파충류랑 인간의 새끼야."

"평생 혼자면 외롭지 않아?"

"가정을 만들면 더 외로워져. 가내 평안? 구역질 나."

뱉어내듯 말하더니 루이는 고깃집 앞에 멈춰 섰다. 아무래도 고기가 먹고 싶은 모양이다. 나는 루이를 안으로 이끌었다. 우리는 한동안 말없이 갈비를 구웠다.

"루이는 강인하네. 나는 나약한 인간이라 혼자선 못 살거든."

따뜻한 술 두 홉을 비웠을 때 나는 다시 이야기를 꺼냈다.

"기하치론지 이치론지 하는 사람이랑 결혼해. 오늘 일은 잊어도 되니까."

"말이 심하네. 나는 루이랑 살고 싶어졌는데."

"안 돼. 나는 사람이랑 같이 못 살아."

나는 야마노베 루이의 프라이버시에 관한 데이터가 거의 입력되지 않았다는 사실을 깨달았다. 가족, 나고 자란 환경, 인생관. 어제 밤새 같이 술을 마셨지만 쭉 내 이야기만 했을지도 모른다. 그리고 오늘은 하루 종일 끌어안고 있었다. 새삼 스스로가 부끄러워졌다.

"왜?"

"난 엄청 제멋대로라서 분명히 너한테 미움받을 거야."

주눅 든 강아지를 연상케 하는 독특한 눈빛으로 루이는 불판 위 고기 조각을 가만 바라본다. 오만하고 못되게 군다 싶다가도 또 갑자기 온순하게 꼬리를 흔든다. 방금 전까지 그렇게나 야한 얼굴로 나를 애무했으면서, 청아한 소년 같은 맑은 눈을 하고 고기를 뒤집어 내 그릇에 올려준다.

루이를 보고 있으면 질리지가 않았다. 루이는 기본적으로 말수가 적고, 이따금 부러 나쁜 말을 할 때를 제외하면 혈통서 딸린 얌전한 강아지 같다. 말을 하지 않아도 그 섬세한 표정을 보는 것만으로 기분을 읽어낼 수 있었다. 나는 영문 모를 열로 온몸 구석구석이 채워져 가는 것을 느끼며 그녀의 넓은 이마에 드리워진 부드러운 머리칼을 살짝 매만져 쓸어 올렸다.

"엄마처럼 굴지 마."

그렇게 말하면서도 루이는 그런 행동이 싫지만은 않은 눈치였다.

"너 아직 열아홉이잖아. 난 이제 곧 서른이야."

"그건 거짓말한 거야. 사실은 스물네 살."

다 익은 우설에 레몬즙을 뿌리며 루이가 태연하게 말했다.

"뭐라고! 다섯 살이나 속인 거야?"

"그 소설을 썼을 때 열아홉이었거든. 발표가 늦어졌을 뿐이지."

"그거 좀 사기 아니야? 그 띠지를 보면 다들 작가가 지금 열아홉이라고 생각할 거야. '무시무시한 열아홉 살·충격의 데뷔작'이라니."

"출판사에 말 좀 해줄래? 내 탓이 아니니까."

"영락없이 대학생이라고 생각했네."

"마침 고등학교 중퇴라. 교양이 없어. 카프카랑 카뮈랑 가끔 헷갈리고."

"나도 도스토옙스키를 쭉 도후토옙스키라고 생각했는데 뭐."

"장 주네 같은 건 읽어본 적도 없어."

이 사람은 침대 밖에선 약간 자학적이고 가학적인 경향이 있는 것 같다는 생각이 들었다. 그럼에도 루이에게 점점 빠져드는 것을 막을 수는 없었다.

성별은 관계없었다. 이 사람이라면 나의 고독을 메워줄 수 있으리라는 식의 계산을 한 것도 아니다. 나는 루이가 쓴 소설의 이상적인 독자도 아니었다. 그저 애처로우리만치 순수한 영혼의 조각에 아주 살짝이라도 스쳐버린 이상, 거기서 눈을 돌릴 수 없게 된 것이다. 좀처럼 만나기 힘든 그런 상대와 한 우산 아래에 들어가버리면 끝도 없이 곁에 꼭 붙어 있고 싶어지는 게 내 성격이었다.

3

이리하여 나는 야마노베 루이와 사귀게 되었다.

도쿄 미타카시(市) 변두리에 사는 루이는 주말이 되면 한 시간 거리에 있는 우리 집에 묵으러 왔다. 평일에는 집에서 소설을 쓰는 모양이었는데, 우리는 서로의 일에 관해서는 거의 이야기하지 않았다.

"한 번 정도 루이 집도 보여줘."

"거긴 작업실이라 아무도 안 들여."

몇 번을 말했지만 거절당했다. 그녀는 매주 우리 집에 오는데 나는 아직 한 번도 그녀의 집에 발을 들인 적이 없다는 건 생각해보면 이상한 일이다.

시부야에 있는 회사에 다니기 편하고 볕이 잘 들어 선택한

1DK* 맨션에 벌써 7년째 살고 있다. 대로변에서 한 골목 떨어진 주택가에 위치해 소음은 거의 없었고, 8조** 크기 방에 6조 크기 DK를 갖춘 넓이에 비해 월세가 시세보다 싼 점도 마음에 들었다. 나는 되도록 집밥을 해먹기 때문에 주방이 어느 정도 커야 하고, 여자도 서른 가까이 되면 옷이나 잡화도 나름 늘다 보니 수납이 잘되는 방 구조가 필수적이라 원룸 맨션의 감옥같이 좁아터진 방에서는 살 수 없다. 거기다 나는 일체형 욕조***에서 씻을 바에야 목욕탕에 가는 게 낫다고 생각하는 인간인지라, 화장실과 분리되어 있고 타일이 발린 청결한 욕실에 작지만 몸 담글 수 있는 욕조가 딸린 점이 좋았다.

"이 집은 엄청 편안해."

루이는 처음 여기 왔을 때부터 그렇게 말했다.

"계속, 쭈욱 있고 싶어져."

"있어도 괜찮아, 쭈욱."

여태까지 사귄 남자들도 항상 같은 말을 했지만 그 누구도

---

*   방 하나에 식탁 놓는 곳(Dining room)과 주방(Kitchen)이 딸려 있는 구조.

**   방의 크기를 나타내는 단위. 1조는 약 0.5평이다.

*** 유닛 배스(Unit Bath). 욕조를 중심으로 벽과 천장, 세면기, 변기 등을 일체형으로 생산한 조립식 욕실 겸 화장실.

이 집에 눌러앉게 두지는 않았다. 여벌 열쇠를 준 적도 없다. 질질 끌다가 흐지부지 동거하는 형태로 이어지는 게 싫었기 때문이다. 나는 혼자만의 시간을 소중히 여겼다. 혼자서 책을 읽고 비디오를 보고 연인에게 메일을 쓰는 시간을 무엇보다 좋아했다. 계속 이 집에 있어줬으면 좋겠다고, 같은 공간에서 늘 같은 공기를 마시고 싶다고 생각한 건 루이가 처음이었다. 하지만 루이는 그 기회를 이용하는 일 없이 선을 긋고 일요일 밤이 되면 '다음 주에 봐' 하고는 자기 집으로 돌아간다. 우리는 만나면 종일 침대에 있었다. 루이는 주말이 되면 굶주린 상태로 우리 집에 찾아와 일주일 치 식욕과 성욕을 채우고 돌아간다. 내가 만든 요리를 먹은 후에 나를 먹는다. 나와 만나지 않는 평일에 루이가 얼마나 금욕적으로 지내는지 알 것도 같았다. 그녀는 분명 제대로 챙겨 먹지도 않고 사람과 어울리는 일 없이 혼자 방에 틀어박혀서 책상 앞에만 앉아 있는 것이리라.

그래서 나는 미리 먹고 싶은 음식을 물어보고 그걸 만들어주었다. 루이의 요청은 늘 무척이나 구체적이었다. 데미글라스 소스 대신 케첩을 뿌리고 닭고기 대신 햄을 넣은 오므라이스가 먹고 싶다든지, 양념에 꿀이 살짝 들어간 매콤한 중국 냉면이 먹고 싶다든지, 무잎과 유부를 넣은, 갈색 된장과 흰 된장의 비율이 7 대 3인 된장국이 먹고 싶다든지 하는 식으로. 만드는 사람 입장에서는 뭐든 다 좋다고 말하는 것보다 만드는 보람이 있었다.

나는 초급이라도 루이를 기쁘게 해주기 위해 요리 방송을 보거나 요리책을 사기 시작했다. 어지간한 건 다 만들 수 있지만 뭐든 맛있다며 먹어주는 남자들만 만나왔기 때문에 새삼 다시 부엌칼을 들고 보니 긴장감이 부족하다고 느낄 때가 있다. 루이는 건성으로 만든 음식을 바로 간파해낸다. 무심코 결혼식 답례품으로 받은 접시에 음식을 담아내기라도 하면 차갑게 무시할 것 같아 그릇 하나 소홀히 할 수 없다. 나는 월급을 받을 때마다 비젠과 시가라키*의 도자기 그릇을 조금씩 사 모으고, 세이부 백화점 지하나 아오야마에 있는 기노쿠니야 슈퍼까지 가서 비장의 식재료를 큰맘 먹고 사곤 했다.

루이가 좋아하면 정말로 기뻤다. 앞으로는 그저 다정하기만 한 남자는 성에 차지 않아 사귀지 못할 것 같다는 생각이 들었다.

비가 세차게 쏟아지는 일요일 밤이었다.

오후부터 내리기 시작한 비는 저녁께 점점 거세어지더니

---

* 도예로 유명한 지역 이름.

밤이 되자 내리치듯 억수같이 쏟아졌다. 태풍이 다가오고 있었다. 그럼에도 돌아가려는 루이를 나는 만류했다.

"오늘 밤에도 자고 가면 되잖아."

"그래도 돌아가야지."

"근데 태풍이잖아. 밖에 안 나가는 게 좋아."

"고양이가 기다릴 테니까 그냥 돌아갈래."

그녀에게 고양이 이야기를 들은 건 처음이었다.

"키우는 거야?"

"들르는 고양이. 우리 집 앞에 자리 잡고 사는데 내가 돌봐 주거든. 뭐, 밖에서 키우는 셈이지만 집주인한텐 들르는 고양이라고 했어."

나도 고양이는 싫지 않았다. 하지만 맨션에서 사느라 한 번도 키운 적은 없다.

"길고양이면 이렇게 비 오는 날엔 어디 숨어 있는 거 아냐?"

"그러니까 항상 우리 집 처마 밑에 다 같이 있는 거라고."

"다 같이? 몇 마리 있는데?"

"지금은 다섯 마리. 처음엔 두 마리였는데 암컷이 새끼를 세 마리 낳아서."

왠지 무척 의외였다. 자기 생각만 할 것 같은 인간이, 고양이라곤 해도 자기 외의 생물을 챙긴다?

"고양이 좋아하는구나."

"고양이 같은 거 질색이야. 근데 정착해버렸으니 어쩔 수 없잖아."

"서로 닮아서 모른 척할 수 없는 거지?"

"무슨 뜻이야?"

"루이는 성격 나쁜 길고양이 같으니까."

"아무튼 돌아갈게."

나는 질투했다. 고양이를?

생각해보면 나는 루이에게 먹을 것 하나 받은 적이 없다. 우리 집에 올 때도 작은 선물 한번 가져온 적이 없고, 늘 먹고 싶은 음식을 내게 만들게 하고, 가끔씩은 영화나 콘서트를 보러 가자고 해도 아무 데도 가고 싶어 하지 않았다. 섹스만 하고 싶어 하고, 내가 히스테리를 부리면 휙 나가버린다. 음식 맛이 마음에 들지 않으면 입도 대지 않고 내가 심혈을 기울여 만든 음식을 예사로 남긴다. 일 때문에 피곤한 날 애무 도중에 내가 잠들어버리자 일부러 부엌으로 가서 내가 깰 때까지 접시를 하나씩 깨버린 일도 있다. 둘이서 비디오를 보는 중에 전화가 울려 어쩌다 통화가 길어졌을 땐 전화선을 잡아 뽑는 걸로 모자라 코드를 가위로 잘라버렸다. 그러고는 가위를 내 목구멍에 들이대고 긴 통화 상대의 이름을 집요하게 캐물었다. 나는 양다리를 걸칠 수 있을 만큼 요령 좋은 여자가 아닌 터라 기하치로와는 좋게 끝낸 상태였는데, 루이는 끝도 없이 의심을 하며 이상하리만큼 질투를 불태운다.

그와 비교하면 고양이를 질투하는 정도는 귀엽지 않은가.

"가지 마."

월요일 아침, 아직 침대에서 잠든 루이에게 키스를 하고 회사에 가고 싶었다. 일요일 밤 루이가 돌아간 후 혼자서 일요명화극장을 보기는 싫었다.

"오늘 있잖아, 도널드 서덜랜드의 스파이 영화가 하거든. 같이 보자. 광고하는 사이에 커피도 내리고, 간식도 먹고, 딱 달라붙어서, 응?"

"근데 이틀이나 집을 비울 순 없어. 고양이가 배고프니까."

"나랑 고양이랑 어느 쪽이 소중한데?"

"고양이."

너무 쉽게 단정적으로 잘라 말했다.

"내가 없으면 죽으니까."

"잘도 죽겠네. 바로 다른 급식소를 찾을걸. 길고양이란 건 그런 거야."

"나랑 그 고양이들은 더 깊이 이어진 사이야."

"뭐야. 왜 고양이한테만 상냥한 건데. 나한테도 좀 더 상냥하게 대해줘!"

"상냥하게 대하는 건 어떻게 하는 건데?"

루이는 정말로 모르겠다는 듯이 말했다.

"오늘 밤엔 같이 일요명화극장 보자."

"그 영화는 이미 봤고, 거기다 고양이가 배고플 거야."

"오늘 밤에 죽어도 가야겠다면 다시는 오지 마."

어른스럽지 못하다고 생각하면서도 멈출 수 없었다. 이제 껏 루이를 붙잡은 적은 한 번도 없다.

"알겠어. 이제 안 올게."

루이는 말없이 옷을 입고 현관 쪽으로 걸어갔다. 문을 열어보고 빗소리에 기가 죽어 돌아올지도 모른다고 생각했지만, 그녀는 우산을 안 들고 왔다는 사실을 이제야 깨달았는지 뒤돌아보며 말했다.

"우산 빌릴게."

우리는 동시에 처음 만났던 날의 기억을 떠올렸다. 루이는 곤란한 표정으로 나를 보았다.

"그때 왜 나한테 말 건 거야."

나는 히스테릭하게 소리쳤다.

"그야 예쁜 사람이라고 생각해서."

"작가가 서점에서 독자한테 추근대서 어쩌잔 거야! 도대체 여자 몇 명한테 말을 건 거야? 네 책을 집어 드는 여자를 구석에서 그 추잡한 눈으로 보고 있었지? 걸려든 건 나뿐이었어? 비가 안 오는 날엔 어떤 수법을 썼는데?"

루이는 무섭게 식은 눈으로 나를 응시했다. 이 이상 계속

하면 어떤 역습을 당할지 몰라 겁을 내면서도, 그럼에도 내 분노의 에너지는 끝도 없이 치솟는다.

"왜 나를 안았어? 왜 나를 이렇게 만들었어? 나는 평범하게 남자랑 사귀고 평범하게 결혼할 생각이었는데. 우리는 섹스뿐인 관계야? 내 몸 외엔 흥미가 없는 거야?"

이 무슨 진부한 대사인지. 루이는 나를 오물 보듯 쳐다본다. 루이와 사귀면 이따금 나만 속물 덩어리가 되어 품격이란 게 야금야금 깎여 나가는 듯한 기분이 들 때가 있다.

"쿠치랑 만나면 하고 싶어지니까 어쩔 수 없어."

"근데 그게 다가 아니야. 나는 루이랑 하고 싶은 일이 엄청 많거든. 산책도 하고, 쇼핑도 하고, 그림도 보고, 뭐든 다 좋아. 보통 연인들이 한 가지 일만 하진 않잖아. 다른 일도 하고 섹스도 하니까 사랑이 깊어지는 거 아냐?"

"안아도, 안아도 부족하니까. 몸이 떨어지면 금방 그리워져."

루이는 쑥스러워하지도, 주눅 들지도 않고 말했다.

"루이는 성욕이 너무 강한 거 아냐?"

"몰라. 다른 사람이랑 이런 적은 없어."

"남자하고도?"

"남자도, 여자도, 그 누구하고도. 쿠치뿐이야. 이런 적 처음이라고."

대화를 하는 중에 루이는 또 하고 싶어졌는지 무릎을 꿇고 내 허벅지에 뺨을 부비기 시작했다. 루이의 애무는 늘 생각 지도 못한 장소에서 갑작스레 시작된다. 나는 순식간에 빨려 들어가고 만다.

"있잖아, 루이…… 같이 살자…… 언제든 원할 때 할 수 있 잖아, 응?"

나는 루이의 목덜미로 혀를 내밀었다. 횟수를 거듭할 때마 다 조금씩, 어설프게나마 나도 보답할 수 있게 되었다. 루이 는 무리하지 말라고 하지만 해주면 아주 좋아하기 때문에 거 부감을 느끼는 일은 거의 없어졌다. 다만 성기에 손을 대는 일만은 아직 주저하고 만다.

귓불을 살짝 깨물고 양손으로 루이의 작은 머리를 끌어안 자 루이가 내 어깨에서 슬립 끈을 내리려 한다. 나는 스스로 벗어 가슴을 내어준다. 루이가 가장 좋아하는 걸 꼽으라면 바로 이거다. 편애의 정도가 거의 페티시즘 수준에 달했다. 루이에게 정신없이 애무를 받으면 성적 쾌감에 더해 스스로 성모가 된 듯한 기쁨이 치밀어 오른다. 이상한 일이지만 남 자에게 같은 애무를 받고 그런 느낌이 든 적은 없다.

"나도 더 노력해서 루이를 기분 좋게 해주도록 할게."

"노력 같은 거 하지 마. 자연스럽게 할 수 있는 걸 하면 돼."

"매일 같이 있으면 분명히 더 많은 걸 자연스럽게 할 수 있 게 될 거야."

"매일 이렇게 해서 되겠어?"

"좀 가라앉으면 매일 하진 않을걸. 아무리 좋아해도 질리잖아."

"맹세할 수 있는데 난 안 질려, 영원히."

"할머니가 돼도?"

"그 전에 둘 다 미쳐서 파멸할걸."

루이는 몸을 떨더니 돌연 아이처럼 울음을 터뜨렸다. 길 잃은 아이처럼 소리 내어 울었다. 진심으로 그걸 겁내는 것처럼 보였다. 이 사람은 무엇이 그렇게 불안할까. 나는 무엇이 이렇게 무서울까. 우리는 지금 말도 못하게 행복한데, 어째서 이렇게 외로운 걸까. 내 눈에서도 눈물이 떨어진다. 땀이 나듯 쉽사리 눈물이 흘러넘친다. 나는 심장이 꿰뚫리듯 날카롭게 생각했다. 이 사람과 헤어지는 일은 불가능하다고.

"쿠 짱이 불쌍해."

루이가 울면서 말했다.

"나 같은 거한테 걸려들어서."

나는 루이의 등을 어루만졌다.

"걸려들게 해줘서 기뻤어."

"평생 이렇게 있고 싶다."

"그러니까 같이 살자고."

"고양이를 버릴 수는 없어."

45

"고양이를 키울 수 있는 곳을 찾으면 되잖아."

"다섯 마리야. 우리 집 고양이들은 가엾게도 죄다 말랐어. 사료가 모자라니까."

"정원이 있는 오래된 월셋집. 시골에 가면 분명 있을 거야."

"난 인기 없는 순문학 작가라고."

"난 열심히 일하는 커리어 우먼이고. 돈 걱정은 하지 마."

그 말에 안심했는지 루이는 이윽고 울음을 그쳤다.

나는 부엌으로 가서 뜨겁고 진한 홍차를 탔다. 내 컵에는 브랜디를, 루이 컵에는 연유를 듬뿍 넣어 침대 속에서 둘이 같이 마셨다. 루이는 이렇게 죽도록 단 음료를 좋아한다.

"아까는 미안해. 집에 가도 괜찮아."

"이제 미타카 가는 마지막 버스 끊겼어."

"혹시 일하고 싶으면 내 컴퓨터 써도 돼. 방해 안 할 테니까."

"이 육체가 여기 있는 게 고독한 상념을 방해하는 거라고."

나는 문득 루이가 고양이는 핑계고 사실은 소설을 쓰기 위해 돌아가려 했던 건 아닐까 생각했다. 다시금 내가 그녀에 관해 아무것도 모른다는 사실을 깨달았다.

"떼써서 싫어졌어?"

"싫어지는 건 불가능해. 스스로도 무서울 만큼 좋아지니까."

"내 어디가 좋은데?"

"가슴. 멍청한 점. 말도 안 되게 넘치는 색기."

"그게 뭐야. 하나도 안 기쁜데."

사실은 왠지 기뻤다.

내가 일요명화극장을 보는 사이, 루이는 말없이 내 등과 배, 엉덩이와 다리를 쓰다듬었다. 한 번씩 내 목덜미 냄새를 맡고는 좋은 냄새가 난다고 했다. 세상에서 이 냄새가 제일 좋아. 언젠가 저 멀리 타국에서 객사하게 되면 반드시 이 냄새가 떠오를 거야. 사랑스러운 꽃향기를 떠올리듯이, 코끝에 이 냄새를 느끼면서 피 냄새를 잊겠지.

그런 말을 하는 건 스파이 영화 탓이리라고 생각했다. 루이는 허공을 멍하니 응시하며 소리 없이 울고 있었다. 목덜미에 내린 비로 알 수 있었다.

"오늘 밤엔 울보네. 뭐가 그렇게 슬픈 거야?"

"행복해, 너무."

"근데 울고 있잖아."

"이거 병이야."

"배탈이라도 났어?"

"쿠치병. 너무 심하게 홀려 있는 병."

우리는 그때 사랑의 정점에 있었을지도 모른다.

창을 세차게 두드리는 폭풍우 소리마저 음악처럼 들렸다.

앞으로 무슨 일이 있어도, 어떤 일을 당하더라도 이 사람을 받아들이고 이 사람이 하는 일 모두를 용서하자고 생각했다.

그때 전화가 울려 달콤한 시간이 툭 끊어졌다.

"거기 야마노베 루이 씨 계시나요?"

남자 목소리였다. 나는 갑자기 긴장해 수화기를 고쳐 쥐었다.

"있는데요."

"하쿠토샤 출판사의 후루마키라고 합니다."

루이의 책을 낸 출판사의 편집자였다.

수화기를 건네자 루이는 몹시 괴로운 목소리로 말하며 한
숨을 쉬었다.

"죄송해요. 아직 못 끝냈습니다."

이렇게 얌전한 루이는 본 적이 없다.

루이는 창백한 얼굴로 수화기를 내려놓았다.

너무 새파래졌기에 나는 무언가 농담을 해야겠다는 생각
으로 밝게 말해보았다.

"편집자가 애인 집으로 독촉 전화를 걸다니, 인기 작가 같
네."

그러나 루이는 웃어주지 않았다.

"차분한 목소리던데. 아저씨?"

"아니, 쿠 짱이랑 동갑."

"일요일인데 고생이네. 마감은 언제야?"

"5년 전 여름."

"뭐?"

나도 모르게 말문이 막혔다.

"아주 오랫동안 슬럼프라서. 두 번째 작품을 쓸 수가 없어.
그런데도 그 사람은 계속 기다리고 있고."

나는 처음으로 루이의 깊은 어둠에 닿은 기분이었다.

또한 동시에 그 후루마키라는 남자에게 어질어질할 만큼
의 질투를 느끼기도 했다.

4

　루이가 어떻게 생계를 꾸려왔는지는 모른다.

　책이 조금씩 팔린다곤 해도 소설만으로 먹고살 수는 없다. 가끔 잡다한 글을 쓰는 일이 있다고는 했지만 에세이 두세 장으로는 얼마 받지도 못할 테고 딱히 아르바이트도 하지 않는 것 같았다. 가난한 건 분명한데 그럼에도 궁상스러운 구석은 없었다. 생활 감각이라는 게 완전히 결여된 구석이 있기 때문인지도 모른다. 늘 대충 꾸민 모습인데 옷맵시가 좋아 어쩐지 세련되어 보인다. 그리고 무얼 하든지 어딘지 모르게 몸놀림이 우아하다.

　스시집에 데려가면 단새우나 성게, 전복처럼 비싼 것을 조금만 먹는다. 유명한 이탈리안 레스토랑에 데려가도 입에 맞지 않으면 거의 다 남긴다. 루이는 언제 어디서든 당당했다.

스시를 주문하는 방법도, 와인을 따르는 방법도, 웨이터에게 컴플레인하는 방법도 홀딱 반할 만큼 매력적이었다. 내게 계산을 하게 만들 때의 태도도 정말이지 근사했다. 저렴하고 맛있는 가게를 놀라우리만치 잘 알아서 즉흥적으로 밥을 사줄 때도 있었다. 그럴 때 얼마나 행복하던지. 그게 열 번 중 한 번 정도고 나머지 아홉 번은 내가 냈지만, 그 한 번을 다섯 번처럼 느끼게 만드는 고급 기술을 갖추고 있었다.

루이는 그런 부분이 매우 뛰어났다. 나와 다르게 어리광에 능숙한 것이다. 아무리 밉살스러운 말을 지껄여도 온몸으로 응석을 부리면 해롱해롱 맥을 못 추게 되고 만다. 고양이와 똑같다. 계산 따위 하지 않는다. 그저 타고난 매력으로 사람 마음에 들어온다. 그런 만큼 휘둘리면 더 고약하다. 해롱해롱한 다음 안절부절못하게 된다. 루이와 사귀면 해롱해롱과 안절부절이 거대한 파도처럼 교대로 찾아온다.

열은 받지만 그렇다고 해서 나를 완전히 따르는 고양이를 어찌 버릴 수 있겠는가. 이 파도에 놀아나는 일 또한 사랑이라면 나는 틀림없이 여자와 사랑에 빠진 것이다. 위화감이 전혀 없는 게 신기할 정도였다.

일하는 중에도 문득 정신을 차려보면 루이 생각을 하고 있는데, 어젯밤 섹스를 되새기거나 지금쯤 뭘 하고 있을지 생각하느라 중요한 회의가 한창일 때 몸 깊숙한 곳이 젖거나 보고서에 숫자 실수를 해버리고 만다. 동료들 사이에선 내게 새로운 남자가 생긴 걸로 되어 있다.

"가와시마 군도 남자에게 푹 빠질 때가 있네."

회사 회식 자리에서 직속 부장에게 진지하게 그런 말을 듣고 당황한 적이 있다.

"네? 제가 그렇게 보이던가요?"

"그 남자랑 결혼할 거야?"

이런 질문이 가장 곤란하다. 성희롱 영감쟁이, 하고 속으로 욕하면서 모호하게 웃어넘기는 수밖에 없다.

"아뇨, 딱히."

"결혼 못 하는 상대야?"

나는 별안간 슬퍼졌다. 루이 이야기를 누군가에게 너무 하고 싶어 참을 수가 없는데 누구에게도 말할 수 없다. 아무리 좋아해도 나는 루이와 결혼할 수 없다. 아이도 만들 수 없다. 한평생 누구에게도 축복받지 못하고 갇힌 채로 살아가야 하는 걸까.

부장님, 그거 성희롱이에요. 누군가 그렇게 못 박아준 덕분에 이 이야기는 흐지부지되고 나는 구제받았다. 하지만 이 일은 그 후로도 가끔 생각하게 되었다. 만약 여기가 미국이라면, 뉴욕이라면, 다양한 가치관이 공존하는 세계 제일의 선진 도시라면 상사에게 이런 질문을 받고 불쾌해지는 일은 없겠지. 시장이 동성애자임을 고백하거나 부통령이 게이 잡지의 표지를 장식하는 곳에서라면 루이와 당당하게 손을 잡고 가슴을 펴고, 우산 아래에 숨지 않고도 곁에 꼭 붙어 살아갈 수 있지 않을까, 하고. 그래도 부모님의 얼굴을 떠올리면 거기서 한 발 더 깊은 곳까지 생각하는 건 불가능했지만.

태풍이 왔던 날 돌아가지 못한 후부터 만나는 건 주말뿐이라는 그녀의 규칙이 무너지기 시작했다. 미타카에 있는 집으로 돌아가는 날이 월요일이 되고, 화요일이 되고, 수요일까지 머무는 일도 있었다. 내가 회사에서 돌아오면 루이가 불도 켜지 않은 방에서 컴퓨터 앞에 웅크리고 앉아 새하얀 화면을 가만히 바라보고 있는 일이 종종 있었다. 그럴 땐 부엌에서 저녁 준비를 하고 있으면 반드시 뒤에서 안겨들어 짐승처럼 관계를 가지려 한다.

"오늘도 못 썼어?"

"쿠치 탓이야. 이런 거 생각만 하게 되니까."

"피곤해. 그럴 기분 아니야."

"하루 종일 계속 기다렸는데."

"적당히 해. 난 하루 종일 일했다고. 가끔씩은 밥이라도 해놓고 기다리면 좋잖아."

루이는 냄비를 걷어차더니 슈퍼 봉투에 든 채소를 바닥에 엎었다. 나는 반사적으로 프라이팬을 쥐고 대비했다. 날

선 칼날 같은 눈을 번쩍이며, 루이가 바닥에 어질러진 채소 틈에서 큼직한 가지 하나를 쥐고 내게 달려들었다. 뭘 하려는 건지 알고 있다. 무엇이 슬퍼서 그런 짓을 하는 걸까. 가지 꼭지를 베어 물고 뱉어낸 뒤 입가에 차가운 비웃음을 띠더니 내 스커트 속에 손을 넣었다. 손에 든 게 가지가 아니라 식칼이었다면 단번에 나를 찔러버릴 듯한 눈이었다. 그 눈에 압도되어 프라이팬을 휘두르지 못하는 사이, 루이가 스타킹과 속옷을 순식간에 끌어내렸다. 나는 프라이팬을 쥔 채로 싱크대 앞에 붙어 있었다. 루이가 후 하고 입김을 불자 드러난 부분이 와들와들 떨렸다. 나는 바닥에 흩어진 양배추와 피망과 토마토를 바라보고, 루이의 충혈한 눈과 창백한 얼굴을 바라보고, 그 너머에 맥없이 우거져 있는 것을 보고 눈물을 흘렸다.

"바보야…… 이런 거 넣을 리 없잖아."

루이는 가지를 버리고 내 옷차림을 정돈해준 후 프라이팬을 집어 들더니 정성껏 뒷정리를 시작했다. 나는 선 채로 조용히 울었다.

"부끄럽네, 미안해."

루이는 내 눈물을 할짝할짝 핥았다.

"마늘 있어? 페페론치노 스파게티는 자신 있는데."

"냉장고에."

"엑스트라 버진 올리브오일도 있으면 더 좋고."

"아껴둔 좋은 오일이 찬장에 있어."

"좋아, 그럼 맡겨둬."

"고추도 잔뜩 넣어줘."

"잘 알겠습니다."

루이의 페페론치노 스파게티는 일품이었다. 면은 적당히 잘 익었고 마늘과 올리브오일이 듬뿍 들어간 데다 매콤한 맛이 전체를 잘 잡아주었다. 나는 완전히 기분이 풀어져 칭찬을 아끼지 않았다.

"뭐야, 요리 잘하잖아."

"이거 하나만. 아버지가 자주 만들어줬거든. 이탈리아인한테 배웠다고."

"어머니가 아니라?"

"어머니는 병이 있어서 우리 집에선 늘 아버지가 요리했어."

루이가 가족 이야기를 하는 건 좀처럼 드문 일이었다.

"아버지 야구선수셨지? 왜 그만두신 거야?"

"폭력 사건을 일으켜서 쫓겨난 모양이야."

"그럼 루이가 성질 급한 건 부모님을 닮은 거네."

"성질이 급하다기보다 미쳤었지. 남동생이랑 항상 벌벌 떨었어."

남동생이 있다는 말을 루이 입으로 들은 건 이게 처음이었다.

"형제는 남동생뿐이야?"

"응."

"몇 살? 어디 사는데?"

"시끄러워."

루이가 늘 하는 방어가 시작되었다. 내가 너무 시시콜콜 캐물으면 꼭 이렇게 선을 긋는다. 누군가 만약 야마노베 루이를 인터뷰해야 하게 된다면 나는 진심으로 그 사람에게 동정을 금할 수 없을 거다.

"루이에 대한 건 뭐든지 알고 싶어."

"여기에 있잖아. 그 이상 뭘 원해?"

"난 루이에 대해 아무것도 몰라. 불안해서 못 견디겠어."

"몸 어디에 점이 있는지 성감대가 어딘지 알잖아. 그 외에 뭘 알고 싶은데?"

"예를 들어, 인생의 모토는?"

"아첨하지 않기, 필요 이상으로 돈 벌지 않기, 야구 보지 않기, 고양이 응석 받아주지 않기, 싸구려 신발 신지 않기, 남자와 깔끔하게 헤어지기. 이상이야."

"그럼 세상에서 제일 소중한 건?"

"쿠치."

"너한테 소설이란?"

"사랑의 증거."

"뭘 향한 사랑인데?"

"언어에 대한 사랑."

"좋아하는 계절은?"

"여름. 쿠치를 만났으니까."

"좋아하는 날씨는?"

"비. 쿠치랑 만났을 때 내렸으니까."

"좋아하는 작가는?"

"야마노베 루이."

"어머니는 무슨 병이셨어?"

"이제 그만. 커피 내려 올게."

루이는 부엌으로 도망쳤다. 역시나 실패다. 방어벽이 견고하다.

이 이상 계속하면 싸움으로 번질 뿐이다. 나는 캐묻기를 단념했다.

그런데 루이는 도대체 무엇을 겁내는 걸까?

루이가 일주일에 두 번 정도만 집에 돌아가는 반동거 상태가 되기까지 그리 오랜 시간이 걸리지 않았다. 집에 돌아가는 것도 그저 고양이에게 밥을 주기 위해서일 뿐인 듯했다. 우리 집에서 루이가 소설을 쓰는 모습을 본 적은 한 번도 없다. 내가 출근한 사이에 쓰는 듯한 기색도 없었다.

글을 쓰지 못하고 고통스러워하는 루이를 보는 일은 괴로웠다. 나와 하는 섹스에 빠져 소설로부터 도망치려는 루이를 보는 일은 더 괴로웠다. 하쿠토샤 출판사의 후루마키라는 편집자에게서 달에 한 번 정도 주기로 전화가 걸려왔다. 그때마다 루이는 진땀을 흘리며 통화하곤 했다.

"매번 죄송하네요. 하쿠토샤의 후루마키라고 하는데, 야마노베 씨 부탁드립니다."

그날 전화는 드물게 밤 11시가 넘어 걸려왔다.

"늦은 시간에 죄송합니다."

후루마키 씨는 항상 예의 발랐다. 매번 생각하지만 이 사람 목소리에서는 성실한 따뜻함이 느껴져서, 천하의 루이가 의지하는 마음을 알 것도 같다.

"아, 루이는 지금 씻고 있어요."

루이는 욕조 안에서 독서하는 습관이 있어 시간이 오래 걸린다.

"방금 들어갔으니까 한 시간 정도 걸릴 것 같네요."

"아, 그렇군요. 이거 어떡하면 좋지."

수화기 너머는 술집 특유의 소음으로 가득했고, 후루마키 씨의 목소리도 평소보다 여유로운 분위기였다. 살짝 취한 듯했다.

"저기, 가와시마 씨 맞으시죠?"

갑자기 내 이름을 불러 당황했다.

"아, 네."

"8시부터 기다리는 중인데 루이 씨가 별말 없던가요? 어디 아픈 게 아니면 다행이고요."

"어머, 약속하신 거예요?"

"아, 또 잊은 모양이네요."

"죄송합니다."

왜인지 내가 사과를 했다. 아무리 그래도 약속 시간이 세 시간 넘게 지났다. 5년이나 루이의 소설을 기다리고 있는 사람은 과연 인내심이 남다르다.

"루이가 자주 바람을 맞히나요?"

"전 이제 익숙해져서 괜찮은데 오늘은 한 사람이 더 있어서요."

"알겠습니다. 지금 전화 받으라고 할게요. 잠시만 기다리세요."

"아뇨, 말을 좀 전해주세요. 우리는 2시까지 역 앞에 있는 'K'에서 마실 예정이니까 내키면 오라고요. 괜찮으시면 가와시마 씨도 같이 오시죠."

전화를 끊고 격분해 욕실로 달려갔다. 루이는 두꺼운 안경을 쓰고 루스 렌델의 추리소설을 읽는 중이었다.

"당장 가."

나는 목욕 타월을 펼쳐 들고 말했다.

"가끔씩은 나 말고 다른 사람이랑 만나서 이야기 나누는 게 좋을 것 같아. 루이는 너무 심하게 틀어박혀 있으니까."

"빈손으로는 못 만나."

"아무튼 약속을 어기는 건 최악이잖아."

"갈 수 있으면 간다고 한 거야. 그렇게 말할 때 내가 안 나간다는 건 그 사람도 알 텐데."

"한 사람이 더 있대."

"아무도 만나기 싫어. 내버려둬."

이 이상 설득해봐야 소용없다. 루이는 싫은 일은 절대 하지 않는다.

"좀 미안하니까 내가 잠깐 가서 양해를 구하고 올게."

"그럴 필요 없어."

"후루마키 씨한테 인사도 해두고 싶고."

나는 이 남자에게 꽤 흥미가 있었다. 루이와 그의 긴밀한 신뢰 관계가 작가와 편집자의 선을 넘은 영역까지 달한 건 아닐까 하는 생각에 매번 괴로웠기 때문이다.

"후루마키 씨 특징 좀 알려줘."

"도라에몽 같은 사람."

"알겠어. 금방 돌아올게."

'K'라는 가게는 찾아가기 조금 힘든 골목길 안쪽에 있었

고, 생각지 못하게 헤매는 바람에 새벽 1시가 지나서야 도착
했다. 카운터 자리밖에 없는 작은 바였는데, 벽에는 산악 풍
경을 찍은 사진과 옛날 영화 포스터가 가득하고, 잡음 섞인
고시지 후부키* 노래가 흘러나왔다. 성질 고약해 보이는 노
인이 카운터 한구석에서 마른오징어를 굽고 있었다. 카운터
끝엔 거의 골동품 수준으로 오래 묵은 호두가 접시 가득 담
겨 있었다. 그 가운데 웅크리듯 앉은 남자가 이 가게 유일한
손님이었다.

"오래 기다리셨죠."

귀까지 시뻘게진, 도라에몽과는 완전 딴판인 덩치 큰 남자
가 성가시다는 듯 이쪽을 돌아보았다. 어디선가 본 적이 있
는 얼굴이었다. 꼭 가부키 배우 같은 이 단정한 생김새, 분명
아는 얼굴이다.

"어이, 늦었잖아."

"죄, 죄송해요."

"어른을 기다리게 하면 쓰나."

"정말 죄송합니다."

---

* 쇼와시대에 활동한 배우 겸 가수(1924~1980). 가극에서 남자 역할을 맡는 배
우로 이름을 알렸으며, 퇴단 후에는 뮤지컬 배우, 상송 가수로 왕성히 활동하
며 톱스타 반열에 올랐다.

아아, 생각났다. 이 사람은 오즈 고스케다. 신문에서 사진을 본 적이 있다. 만취 상태이긴 하나 그 독설 평론가가 틀림없다.

"저기, 후루마키 씨는요?"

"담배 사러 갔어."

카운터 노인에게 묻자 쌀쌀맞은 대답이 돌아왔다.

"너, 왜 이제 소설을 안 쓰는 거야."

오즈 고스케는 나를 루이로 착각하고 말하는 모양이다. 아직 만난 적이 없어서인지, 만취한 탓인지는 잘 모르겠다.

"내가 칭찬한 신인은 다 망하더라고. 못 해먹겠어."

남자는 몸이 무너지기 직전이었다. 거의 바닥을 보이는 술병에서 글라스 반 정도 술을 따라 보리차처럼 단숨에 마셔버린다.

"예쁘장한 얼굴 해가지고선. 거울은 버려, 펜을 쥐라고."

나는 뭐라고 대답하면 좋을지 알 수 없었다.

한동안 의미 모를 말을 중얼거리더니 카운터에 풀썩 엎어져 괴로운 듯이 얼굴을 찡그렸다.

"힘내…… 힘내라고오……."

격려하듯 중얼거리며, 남자는 잠의 늪으로 빨려 들어갔다.

나는 눈물이 날 것 같았다.

이 외침을 루이에게 들려주고 싶었다.

"엇, 오즈 씨 잠들어버렸네."

후루마키 씨가 가게에 돌아와 오즈 고스케에게 윗옷을 덮어주며 내게 인사했다.

도라에몽보다는 노비타 군과 더 닮았다고 생각했다.

5

"야마노베가 항상 신세 지고 있죠."

나는 보호자 같은 말을 했다. 보호자라기보다 이건 아내인
가. 무의식중에 라이벌 의식을 불태웠을지도 모른다.

"루이 씨가 댁에 들어가 사는 것 같더군요. 항상 전화로 실
례 많았습니다."

후루마키 씨의 얼굴은 목소리처럼 온화 그 자체였다. 그는
한시도 부드러운 미소를 거두지 않고 상대에게 자연스럽게
안심감을 주는 말투로 말했다.

"루이는 오늘 우울증이 심해서 못 와요. 죄송합니다."

"알고 있어요. 그냥, 고스케 씨를 겨우 붙잡은 거라서."

카운터에 엎드려 코를 고는 오즈 고스케를 배려해 우리는
작은 목소리로 대화했다.

"굉장히 낯을 가리는 사람이라 좀처럼 만나주질 않아요. 게다가 오즈 씨는 작가와는 술을 마시지 않는 신조가 있어서요. 한 번이라도 같이 마시면 거침없이 나쁜 말을 쓰기가 힘들다는 모양이에요. 좋아하는 작가에 대해선 더 그렇고요. 아주 결벽이 심한 사람이에요. 그런데 루이 씨가 집요하게 따라다녔죠. 그 서평을 읽고는 어떻게 해서든 만나고 싶었던 모양이에요."

"루이답네요."

"오즈 씨는 도망 다녔죠. 본능으로 알아챈 거 아닐까요, 루이 씨가 위험한 동물이란 걸. 그런데 천성이 착한 사람이라 무명 출판사의 편집자에게 매정하게 굴진 못해서 저와는 만나주더군요. 낮 3시부터 계속 마시는 중이에요. 여기가 벌써 몇 번째 가겐지. 술이 안 들어가면 다른 사람과 이야기가 불가능할 정도로 낯을 가리는 거겠죠. 루이 씨와 만나줄지 어떨지는 마지막까지 모르겠더군요. 전 그저 루이 씨에게 격려의 말 한마디라도 해줬으면 했어요."

"저를 루이라고 착각해서 격려해주셨어요. 독특한 방법으로."

"평소엔 아주 신사인데 취하면 사람이 돌변해요."

"그래도 뭉클했어요. 루이를 데려왔어야 하는데."

고시지 후부키 노래가 끝나자 노인은 레코드판을 바꿨다.

아무렇게나 쌓아올린 컬렉션 속에서 한 장 고르더니 스프레이를 뿌려 더러운 부분을 꼼꼼하게 닦아낸 후 조심조심 턴테이블 위에 올리곤 바늘을 떨어뜨렸다. 이번엔 하이든의 협주곡이었다.

후루마키 씨는 오징어를 마요네즈에 찍어 씹으면서 천천히 진토닉을 마셨다. 나는 에그노그라는 칵테일을 주문했다. 영양가 있어 보인다는 이유로 루이가 언젠가 마셨던 게 떠올랐기 때문이다. 이 가게는 칠판에 음료 메뉴를 적어두었는데, 죄다 10년이나 20년 전 가격으로밖에 보이지 않았다. 칵테일이 3백 80엔 정도부터다. 좁은 싱크대에서 서툴게 얼음을 부수는 무뚝뚝한 노인이 우라시마 타로*처럼 보인다.

제법 정취 있는 가게였다. 음악 취향도 나쁘지 않다. 루이가 좋아할 법한 가게다. 후루마키 씨는 이미 여러 번 루이와 이곳에 온 걸까. 그런 생각을 하니 조금씩 질투가 치밀었다.

"제가 이런 말을 하는 건 좀 이상할지 모르겠는데, 가와시마 씨에겐 감사한 마음이에요."

"어째서요?"

---

* 일본 각지에 존재하는 용궁 신화 속 주인공. 어느 날 우연히 거북이를 구해주고 용궁에 초대받아 며칠을 보내게 되나 그 후 현실 세계로 돌아와보니 300년이 지나 있었다는 이야기다.

"당신이 없었으면 루이 씨는 더 괴로운 상황이었을 거라고 생각해요."

이 남자는 아는 걸까. 우리가 단순한 친구 사이가 아니라는 사실을. 단짝이라는 건 왠지 좀 수상해**, 라고 이노우에 요스이가 노래하는 것을.

"그런데 글을 쓰지 못하는 건 제 탓이라더군요."

"그건 어리광 피우는 거예요."

"괴로운 건 알겠는데 가끔 답답해져요."

"정말 잘 압니다."

참 상대하기 힘든 성격이라는 점에 서로 공감하는 미소가 새어나왔다.

"자기에 대해서는 전혀 알려주지 않고."

"알리고 싶지 않은 비밀이 분명 많이 있는 거겠죠."

"특히 가족 이야기라든지."

"그게 루이 씨의 테마예요. 글로 써서 극복하는 수밖에 없죠."

나는 한 잔만 마시고 돌아갈 생각이었다. 너무 느긋하게 있으면 루이에게 의심받고 만다. 그녀가 안달복달해 전화를 걸

** 1970년대 일본 포크송을 대표하는 싱어송라이터 이노우에 요스이(1948~)의 '푸른 하늘, 나 홀로'라는 노래 속에 나오는 가사.

기 전에 돌아가지 않으면 나중에 어떤 트집을 잡힐지 모른다.

그러자 후루마키 씨가 마치 꿰뚫어보듯 말했다.

"슬슬 돌아가셔야죠."

"후루마키 씨는 루이에 대해 정말 잘 알고 계시네요."

"오래 알고 지낸 사이니까요."

"앞으로도 루이를 잘 부탁드려요."

내가 일어나서 인사하자 후루마키 씨도 일어섰다.

"저야말로 잘 부탁드려요. 불쾌한 일도 자주 있겠지만, 가와시마 씨가 아무쪼록 잘 이해해주세요."

"왜 그런 말씀을?"

"저는 이제 아무것도 해줄 수가 없어요. 책을 내는 일밖엔. 글을 쓰는 건 루이 씨 자신이지만 그걸 위한 생명력을 줄 수 있는 건 당신뿐입니다."

"너무 과장이에요."

"제가 두려운 건 루이 씨가 목숨 같은 건 아깝지 않다고 생각하는 인간이라는 점이에요."

눈앞에 있는 남자는 신부의 아버지 같기도 하고, 열심히 일하는 편집자 이상의 무엇이기도 했으며, 무엇보다 틀림없이 성실한 한 인간이었다. 그는 안다. 나와 루이가 지나온 밤의 달콤함과 고통을. 두 사람의 몸이 떨어지기 힘들다는 사실을. 여자 둘이 함께 받쳐 쓴 우산 안에 흐르는 에로스를.

"루이는 반드시 다시 일어설 거예요. 제가 곁에 있으니까요."

나는 기운차게 허세를 부렸다.

하지만 결과적으로 내가 한 행동은 후루마키 씨의 기대를 배신하는 일이었고, 이때의 내 발언을 배신하는 일이 되고 말았다.

무슨 일이 있어도 루이만은 버리지 않겠다. 그렇게 생각했으면서, 나는 결국 그녀를 버리고 도망쳤으니 말이다.

집에 돌아가니 루이가 어두운 방에서 소파에 엎드려 심야 영화를 보고 있었다. 혹시 잠이 들었나 싶어 얼굴을 들여다보는데 갑자기 손바닥이 날아왔다.

"무슨 짓이야, 멍청이야!"

"이렇게 늦은 시간까지 뭐 했어."

루이는 내 옷깃을 쥐고 마구 흔들더니 목을 조르려 했다. 장난으로 까부는 게 아니었다. 진심으로 화난 눈이었다.

"한 잔 정도는 마시고 일어나야 할 거 아냐!"

내 귀가가 조금이라도 늦어지면 늘 이런 식이었다. 루이가 있을 땐 마음 놓고 친구와 마시러 갈 수도 없다. 아무리 흥이 올라도 12시 전에는 돌아와야 하고, 함께 마신 상대가 남자건 여자건 질투한다. 혼자 기다리기 싫으면 자기 집에 돌아가면 될 텐데, 내가 외박이라도 할까 봐 불안해서 견딜 수 없는 모양이다. 만약 본격적으로 함께 살게 되면 숨이 턱 막힐 것이다.

루이는 사정없이 내 목을 졸라온다. 그러나 완력은 내가 한 수 위다. 루이의 팔을 물어 얽힌 손을 풀어낸다.

"아파, 이 야만인아!"

저런, 누가 할 말을. 물려서 피가 배어난 모양인지 루이는 아픈 듯 인상을 쓰며 웅크려 앉았다.

"어디 봐. 핥아줄게."

프로레슬링 후에 서로 상처를 핥아주는 것도 늘 있는 일이다. 그러는 중에 점점 달아올라 2차전은 침대로 옮겨가는 게 정해진 수순인데 오늘 밤은 조금 달랐다.

"가끔씩 나 죽이고 싶어지지."

"뭐, 그렇지."

"죽여도 괜찮아."

"살인범이 되는 건 사양이야."

"시체 유기만 잘하면 절대 들킬 일 없어. 내가 사라져봤자 아무도 실종신고 같은 거 안 할 테니까."

"후루마키 씨가 있잖아. 거기다 부모님도 계시고."

"후루마키 씨한텐 장기 여행을 간다고 하면 되고, 부모하고는 연 끊었으니까 괜찮아."

그런 이야기는 처음 들었다. 루이는 의절이라도 당한 걸까.

"쿠치가 죽여준다면 최고인데. 우리 계획 짜보자."

기발한 장난을 떠올린 어린아이처럼 눈을 반짝이며 루이가 흥미를 보이기 시작했다. 그녀가 사소한 순간 빈틈을 보일 때의, 무언가에 홀린 듯한 눈이다. 내 가슴을 빨면서 이런 눈을 하면 영문 모를 안타까움으로 가슴 아래 어딘가가 가렵고 아픈 듯한 느낌이 들 정도인데 지금은 다르다. 억누르기 힘든 분노와 슬픔이 치밀어 오른다.

"너, 그렇게 죽고 싶어? 날 혼자 남겨둬도 괜찮아? 혼자서 그렇게 충분한 거야? 그러면 왜 나를 안는데? 너 같은 건 길고양이랑 똑같으니까 죽을 땐 어디로 사라져서 내 눈에 안 띄는 곳에 가서 너 좋을 대로 죽어. 그 고양이 요즘 안 보이는데 어떻게 지내는 걸까, 그렇게 계속 신경 쓰이게 만들었다는 자긍심이라도 가지게."

"뭘 그렇게 절망해. 후루마키 씨가 뭐라고 했어?"

루이가 흥이 깨진 듯한 목소리로 말하기에 나는 발끈했다.

"밥을 주던 길고양이가 눌러앉았는데, 중성화수술을 안 해서 새끼를 계속 낳다 보니 두 마리가 다섯 마리가 되고 다섯 마리가 열 마리가 되고 그렇게 매년 끝도 없이 늘어가는 거. 지금 내 기분이 딱 이래. 내 안에서 네가 자꾸 증식해. 네가 나를 먹어치운다고. 넌 뺏을 뿐이지 아무것도 주질 않아. 이제 끝이야, 견디질 못하겠어. 이미 한계치를 넘었다고!"

"헤어지고 싶으면 그렇다고 말해."

"말하면 헤어져줄 거야?"

"그렇구나, 역시 헤어지고 싶은 거구나."

"그런 말 한마디도 안 했어."

"기하치로한테 돌아가서 결혼하고 싶어진 거야?"

"그 사람 이름 막 부르지 마."

이 말은 뜻밖에 루이에게 상처였던 모양이다. 그녀의 눈속에서 충격의 기색이 번졌다. 제법 신랄한 말을 아무렇지 않게 주고받는 사이인데, 이런 말 한마디에 맥없이 대미지를 입고 마는 유약함이, 루이에게는 있었다.

"그 남자가 그렇게 소중해?"

"어쨌든 청춘을 함께 보낸 남자니까."

멈췄으면 될 텐데, 나는 결정타를 날려버린 모양이다. 물고 늘어질 줄 알았던 루이는 풀이 죽어 깊이 상심할 뿐이었다.

"그런 말을 들으면 승산이 없는 느낌이야. 새삼 뭔가를 잃어버린 것 같은."

"농담이야. 그렇게 대단한 건 아냐."

"나는 뭐야? 중년기를 함께 보낼 여자?"

"노후까지 함께할 여자?"

"내가 청춘을 함께하고 싶었는데. 태어나는 게 너무 늦었어."

루이는 분한 듯 한숨을 쉬었다. 아아, 루이, 그렇게 탐욕스럽게 나를 사랑하지 마. 너무 사랑을 받으면 행복한 걸 넘어 불안해지고 마니까.

"동년배 여자였음 더 좋았을 거 같아?"

"아니, 연상의 여자가 좋아."

"어리광쟁이네. 훨씬 연상이 좋지?"

루이를 보고 있으면 극단적으로 모성애에 굶주린 채 자랐다는 사실을 잘 알 수 있다. 그렇다면 정서적으로 불안한 이성가신 성격을 형성하는 데에 부성애는 어떤 영향을 미쳤을지, 나는 아직 모른다. 아무튼 부족했던 건 틀림없다.

"기억해둬. 쿠치가 결혼할 땐 방해 안 한다는 거."

"기억해둘게. 근데 루이가 있으니까 안 해."

"하고 싶은 거면 사라져줄게."

"기하치로하고는 헤어졌다고 했잖아."

"아까 전화 왔어."

"뭐?"

깜짝 놀랐다. 우리 집 수화기는 들지 않기로 약속했었다.

"자동응답기에 메시지 남기는 소리를 들었을 뿐이야."

전화를 보니 메시지 버튼이 반짝이고 있다. 나는 허를 찔리고 당황해서 표정을 감추는 걸 잊었을지도 모른다.

"들어봐."

그녀 앞에서 그의 목소리를 들을 배짱은 없었다. 루이는 짓궂게 입가에 옅은 미소를 머금었다. 정말이지 어떻게 생겨 먹은 성격인 건지.

"긴급한 용건일지도 모르잖아. 얼른 들어봐."

"나중에 들을게. 이제 그만 자자."

"지금, 여기서 들어."

루이는 갑자기 재생 버튼을 누르려 했다. 나는 반사적으로 막으려다가 실수로 엉뚱한 버튼을 누르고 말았다. 공교롭게 도 그건 삭제 버튼이었다.

"바보. 내 탓 아냐."

밉살스럽게 중얼거리더니, 루이는 냉큼 침대로 파고들어 갔다.

샤워를 하면서 기하치로가 왜 이제 와서 전화를 한 건지, 어떤 메시지를 남겼는지 신경이 쓰여 견딜 수가 없었다. 루 이에게 묻기도 망설여졌다. 어쩌면 거짓말일지도 모른다. 나 를 떠보려 했는지도 모른다. 그래서 기하치로에게 전화를 걸 기도 망설여졌다. 너무 열이 받아서 같은 침대에서 자는 것 조차 짜증스러웠지만 소파에서 자면 허리가 아프기 때문에 루이에게 등을 돌리고 침대에 들어갔다.

숨소리를 내며 잠든 줄 알았던 루이가 늘 하듯 어둠 속에 서 내 몸을 만지기 시작했다. 손가락이 뜨겁다. 뱉는 숨도 이 미 젖어 있음을 알 수 있다.

"싫어. 만지지 마."

오늘 밤은 무척 흥분한 듯했다. 나는 그럴 기분이 아니었다.

잠옷을 벗기려는 루이와 그걸 막으려는 내가 어둠 속에서 실랑이를 벌인다.

"하고 싶어."

더는 참을 수 없다는 듯 루이가 울먹이는 목소리로 말한다.

"나는 하기 싫어."

오늘 밤만은 제멋대로 하게 두지 않겠다는 결의를 담아 차 갑게 말한다. 루이는 내 허리에 달라붙더니 잠옷 위로 축축이 젖은 정념을 불어넣으려 한다. 나는 그녀의 얼굴을 할퀴어 거절한다.

"저쪽으로 가. 소파에서 자."

루이는 내 머리칼을 움켜쥐고 억지로 키스하려 한다. 정신없이 파고 들어오는 혀를 깨물어 나는 끝까지 거절한다. 내 머리칼을 잡아당겨 다시 목덜미를 핥으려 하기에 주먹으로 때려 거절한다. 거듭되는 폭력에 기죽는 일 없이 이번엔 내 발목을 붙잡아 발가락을 입에 넣으려 한다. 나는 얼굴을 걷어차 거절한다. 갑자기 루이가 움직이지 않는다.

"왜 그래?…… 미안, 아팠어?"

불을 켜니 루이가 코피를 흘리며 웅크리고 있었다. 씹힌 혀끝과 이마에 난 할퀸 상처에서 피가 난다. 제법 많은 양의 피가 시트에 자국을 만들었다. 나는 흠칫 놀라 곧바로 지혈과 소독을 해주었다.

"미안, 미안, 미안해."

온 얼굴에 난 상처를 핥아주고 루이를 힘껏 끌어안았다.

"가슴 빨게 해줘."

만신창이가 되면서까지 루이는 결국 원하는 바를 이루어 내 가슴 안에서 잠들었다.

6

그 일이 있고 다음 날, 기하치로가 회사로 전화를 걸어왔다.

아무리 오랜 시간 만나지 않아도 이 남자는 늘 변함없는 말투를 쓴다. 마치 어제 보고 헤어진 것처럼 시간의 공백을 느끼지 못하게 만드는 말투다.

"이야, 오랜만이네. 어제 메시지 들었어?"

나는 솔직하게 실수로 메시지를 지워버렸다고 털어놓았다. 술에 취했었다는 거짓말을 하고.

"아메미야가 죽었어."

"뭐라고?"

대학교 때 같은 동아리였던 동료다. 졸업 후에도 비교적 친하게 지냈고, 낚시를 좋아하는 아메미야 군은 이따금 기하치로와 친구들을 불러내 낚시를 하러 가곤 했다. 나도 딱 한

번 시냇물 낚시에 동행한 적이 있다. 그러나 벌써 3년 정도 만나지 않았다.

"한창 낚시하던 중에 심장발작이 오는 바람에 강 속에서 죽은 모양이야. 이런 일도 있네. 본인은 숙원을 이뤘을지도 모르지만."

"그랬구나. 그럼 장례식에 가야지."

"같이 갈까."

"물론이지."

갑자기 기하치로와 만나게 되었다. 마음의 준비를 할 여유도 없었지만, 막상 만나보니 마음의 준비 같은 건 필요 없을 정도로 자연스럽게 대화할 수 있었다.

향을 올린 후에 절의 경내를 서성거리며 둘이서 조용히 캔 맥주를 마셨다. 한바탕 고인의 추억 이야기를 끝내고 나니 화제는 자연스레 서로의 생활을 탐색하는 쪽으로 흘렀다.

"일은 바빠?"

"여전해. 올해는 3학년 담임이라 진로지도가 힘드네. 학생들 취직설명회나 모의시험도 있고 거기다 브라스밴드 고문도 하니까. 진짜 쉴 틈이 없어."

기하치로는 고등학교에서 영어를 가르친다. 교사라는 직업은 대충 하려고 하면 그런대로 편하게 할 수 있지만, 의욕 있는 인간에게는 끝없이 일이 늘어나는 모양이다. 그는 물론

열정 넘치는 후자인 터라 영어 교사인데 제대로 된 해외여행
도 가본 적이 없다. 나도 그와는 2박 이상 여행을 간 적이 없
다. 그럼에도 나는 그의 그런 점을 무척 좋아했다.

"넌 잘돼가고 있어?"

"나도 여전해. 위쪽은 구조 조정도 있는 모양이지만."

대기업 유통사의 마케팅 부서에 자리 잡은 지 벌써 7년, 특
별히 더 좋아질 일은 없다. 매일 9시에 출근해 6시에는 퇴근
한다. 회사가 망할 걱정도 없고, 리스크가 있는 업무를 맡게
되는 일도 없다. 사내 분위기도 나쁘지 않다. 급료도 그렇게
나쁘지 않다. 동기 여자들도 아직 3분의 1은 독신으로 남아
있다. 유급휴가도 남들만큼은 있고 사원 할인이라는 특전도
있다. 나는 내 일에 열정까지는 없지만 충분히 만족스럽다고
말할 수 있다.

"아니, 일 말고. 사생활."

루이와 이렇게 되고 그와 자연스레 멀어지기 시작했을 무
렵부터 그는 내게 누군가가 생긴 게 아닐까 생각했던 모양이
다. 이제껏 사귀면서 둘 중 하나에게 새로운 연인이 생겼을
땐 아무렇지 않게 멀어지는 것이 우리의 방식이었으므로.

"이번엔 어떤 남자야."

기하치로는 거침없이 이런 질문을 한다. 그래서 나는 실연
을 당하면 늘 그에게 위로를 받는다.

남자는 아니야, 라고는 말하지 못했다. 기하치로와 부모님에게만은 절대 말할 수 없다. 이해해줄 것 같지 않기 때문이다. 군이 남에게 고백함으로써 나 자신과 루이를 부당하게 상처 입히고 싶지 않았다. 나는 웃으며 화제를 바꾸려 했다.

"너 불륜 저지른 건 아니지?"

기하치로가 나를 똑바로 바라보며 목소리를 조금 낮추어 말했다.

"어머, 왜?"

"왠지 되게 요염해졌어."

"불륜을 저지르면 요염해지는 거야? 그런 거 아냐."

"평범한 남자 아니지? 불륜이 아니면, 야쿠자인가."

"설마 그러려고. 왜?"

"그 녀석 나쁜 놈이지? 너 고생 중인 거 같은데. 좀 마르고 초췌해 보여."

기하치로는 기본적으로 선량하고 평범한 남자다. 루이와 달리 성적인 인간도 아니다. 섹스 체위도 두 가지 정도밖에 모른다. 전희도 한 패턴이고 대충 15분이면 모든 과정이 끝나버린다. 루이와 하는, 시간을 듬뿍 들인 변화무쌍하고 농후한 스킨십을 오페라라고 한다면 그건 욕조에서 부르는 콧노래 수준이다. 그런 남자가 가슴 덜컥할 만큼 예리한 말을 하기에 깜짝 놀랐다.

"초췌해 보이다니, 싫어라."

"아니, 그래서 더 좋아. 뭐랄까, 그, 품위 없을 정도로 요염해졌어."

그는 이런 말을 하는 남자는 아니었다. 아니면 예전의 내겐 그런 말을 하게 만들 정도의 성적 매력이나 포용력이 결여되어 있었던 걸까. 루이는 그렇게까지 나를 여성스럽게 바꾸어놓은 걸까.

"오늘 밤에 우리 집 안 올래?"

"이런 상황에 무슨 소리야."

"그렇지. 미안."

"너야말로 동료 국어 선생하고는 어떻게 됐어?"

"진작 끝났어. 벌써 2년 됐네."

"그 후로는 쭉 혼자야?"

"응. 외롭더라. 너랑 빨리 결혼했어야 했는데."

기하치로는 드물게 심약해진 상태였다. 무리도 아니다. 학창시절 친구를 잃었으니. 그건 학창시절의 자신을 어딘가에 두고 가는 일이다. 이렇게 조금씩 이런저런 것들을 잃지 않고서는 앞으로 나아갈 수 없는 나이가 된 것이다.

"결혼은 아직 할 마음 없었던 거 아니야?"

"갑자기 하고 싶어졌어. 아이도 갖고 싶고. 아메미야한테는 아이가 있잖아. 남자의 의무는 다했다고 할까, 자기가 살

왔던 흔적을 남기고 죽은 거야. 그건 순수하게 대단하다고 생각해. 학생들은 귀엽지만 내 모든 걸 쏟아붓지는 않아. 3년이 지나면 싫어도 헤어지니까. 그리고 또 새로운 학생이 들어오지. 그런 게 좀 허무해졌어. 나는 내 모든 것을 이어줄 인간이 갖고 싶어. 내 아이가 갖고 싶어."

"언젠가 내가 낳아줄 수도 있어."

나는 진심으로 그렇게 말했다. 그의 아이를 낳아서 루이와 함께 키울 수 있다면 근사하리라고 생각했다.

"그 남자랑 결혼 안 해?"

"미래의 일은 모르겠어."

"별로 행복하지 않은 거야?"

"엄청 행복했다가 엄청 불행했다가 해."

"그건 별로 안 좋은 거 아냐? 인생에서 중요한 건 밸런스야. 이것 봐, 모기도 너한테만 달라붙네."

기하치로가 내게 몰려드는 집요한 각다귀를 쫓으려 정신없는 중에 내 가슴을 만졌다. 캔맥주에 취할 만큼 술이 약해진 걸까.

"가슴 커졌네. 옷 위로 봐도 알겠어."

"그냥 살이 좀 찐 거야."

"아냐, 빠졌어. 몸매가 좋아졌어."

"아니라니까."

"젠장. 왜 이렇게 좋은 여자인 거야."

그가 키스하려고 했지만 나는 얼굴을 돌렸다. 그는 루이와 달리 내가 싫어하는 행동은 하지 않는 사람이라 비참한 자기 혐오에 빠져 몸을 물리고는 남자답게 사과할 뿐이었다. 루이와는 자란 환경의 질이 다르다. 그리고 욕망의 양이 너무나도 다르다.

"가끔씩은 나랑 밥이라도 먹어줘."

"좋아."

"엄청 불행해졌을 때 전화해. 항상 기다리고 있을 테니까."

"고마워."

나는 그의 다정함이 조금 불만스러웠다. 키스하고 싶으면 하면 될 텐데. 갖고 싶으면 루이처럼 앞뒤 생각 말고 피를 흘려서라도 쟁취하면 될·텐데. 그런 생각을 하는 자신을 발견하게 되는 일은 뜻밖이긴 하나 불쾌하지는 않았다. 나는 루이의 독에 흠뻑 물드는 중이었을지도 모른다.

그날 밤 집에 돌아가니 루이가 없었다.

집에 돌아간 거라 생각해 전화했지만 자동응답기로 넘어갔다. 나는 다음 날 장례식에 대비해 상복 대신 입을 아녜스의 정장을 서랍에서 꺼내 다림질을 하고, 노르마 카말리의 낮은 검은색 힐에 크림을 발라 윤이 나게 닦았다. 그러고는 조의금 봉투를 사러 편의점에 갔다. 그러는 중에도 몇 번인가 루이에게 전화를 걸어봤지만 매번 녹음된 목소리가 무뚝뚝하게 본인의 부재를 알릴 뿐이었다. 몹시 언짢은 느낌의 그 목소리에는 메시지 같은 건 원치 않는다는 듯한 무책임한 분위기가 가득했다.

"그런 응답을 들으면 일을 맡기려던 편집자가 당황해서 전화를 끊어버리잖아."

언젠가 그렇게 충고한 적이 있지만 루이는 녹음을 바꾸려 하지 않는다.

"들어오면 꼭 전화해."

메시지를 남겨뒀지만 그날 밤엔 결국 전화가 없었다.

이튿날에는 회사를 조퇴하고 아메미야 군의 장례식에 갔다. 학창시절의 그리운 얼굴들이 모여 장례식이 끝난 후 다 같이 술을 마셨다. 다들 나이에 걸맞게 연륜을 쌓았고, 아직 미혼인 사람은 나와 기하치로뿐이었다. 모두 각자의 아이 이야기로 열을 올리는 것을, 우리는 소외감을 느끼며 듣고만 있었다.

"기하치랑 가와시마, 너희는 언제 결혼할 거야."

"연애가 너무 긴 거 아니야?"

학창시절부터 우리는 공인된 사이였고, 졸업 후에도 사귀었다 헤어졌다 하는 건 소문으로 전해졌을 터라 다들 넌지시

떠보았다.

"실은 어제 청혼했는데 차였어."

서비스라도 해줄 요량인지 기하치로는 모두의 앞에서 그런 말을 했다.

"무슨 생각 하는 거야, 가와시마. 이렇게 좋은 녀석 또 없어."

"맞아. 있을 때 잘하자 부모님과 기하치로, 몰라?"

"거기 더해 목숨도."

다들 풀이 확 죽었고 누군가 울기 시작했다. 기하치로도 빨개진 눈으로 나를 본다. 나는 화장실에 가는 척하며 자리를 떴다.

루이에게 오늘 다섯 통째 전화를 걸었지만 여전히 집에 없었다. 우리 집 자동응답기 메시지도 확인해봤지만 아무것도 들어오지 않았다. 어제부터 계속 부재중인 건가. 대체 어디에 갔을까. 아니면 있는데 없는 척하는 걸까. 전화도 받지 않고 일에 집중하고 있을까. 그냥 나를 피하는 걸까.

나는 불안함에 안절부절못하다가 하쿠토샤의 전화번호를 찾아 후루마키 씨를 호출했다. 오늘은 이미 퇴근했다는 답이 돌아왔다. 이제 루이와 연결된 인간관계의 실마리는 없었다.

평일인 탓도 있고 해서, 느닷없이 시작된 동창회는 밤 9시쯤 끝이 났다. 기하치로가 택시로 데려다주겠다고 했지만 혼자 전차를 타고 돌아왔다.

장례식 후에 불 꺼진 집으로 돌아오는 건 참 싫은 일이었다. 루이가 있었다면 소금을 뿌려줬을 텐데, 하고 생각하며 나는 스스로 소금을 뿌렸다. 민달팽이처럼 녹아버릴 듯한 기분이었다.

그날 밤, 루이 꿈을 꿨다. 서점의 신간 매대 옆에서 루이가 모르는 여자와 이야기하고 있다. 신간은 전부 루이의 책이고, 립스틱으로 사인이 되어 있다.

"또 이런 같잖은 짓을 했네."

그렇게 말을 걸었지만, 루이는 들리지 않는 척을 하며 그 여자의 어깨를 끌어안고 입술을 가져다 대더니 무어라 진지하게 이야기에 열중한다. 자세히 보니 그 여자는 아메미야 군의 부인이었고, 검은 기모노 차림에 섬뜩할 정도로 요염했다.

"그 사람, 아이가 있어. 건드리면 안 돼."

나의 필사적인 호소에도 루이는 전혀 개의치 않고 대담하게 기모노 가슴팍으로 손을 넣기 시작한다. 그만하라고 나도 모르게 소리쳤지만 아메미야 군의 부인은 한쪽 가슴을 툭 꺼내 루이에게 맡긴다.

"오른쪽만이야. 왼쪽은 안 돼."

"왜?"

"이쪽은 우리 집 아들 거니까."

그녀는 가슴이 아주 크다. 루이는 정신없이 핥는다. 할짝

할짝, 음란한 소리가 난다. 나는 귀를 틀어막는다. 왜인지 몸을 움직일 수가 없다. 루이의 손이 기모노 앞섶을 가르고 안으로 파고든다. 나는 얼른 기모노를 맞춰야겠다는 생각을 한다. 틀림없이 루이는 저렇게 하고 싶었던 것이다. 가게 안 어딘가에서 아이 울음소리가 난다. 그 목소리를 뒤덮듯 아메미야 군의 아내가 격렬한 신음 소리를 낸다.

"저기, 있잖아, 지금 몇 개 들어갔어?"

"두 개."

"하나 더 넣어줘."

"왼쪽 가슴도 주면."

"그것만은 참아줘."

나는 얼굴을 돌릴 수도, 눈을 감을 수도 없다. 그런 장면은 보고 싶지 않다. 그런데도 여기서 꼼짝할 수 없다. 부인은 참지 못하고 매대 위에 몸을 던진다. 끈을 풀기 시작하자 점원이 다가와 이렇게 말한다.

"아아, 거기 눕지 마세요. 할 거면 서서 해주세요. 기껏 힘들게 쌓아뒀는데."

두 사람은 순순히 일어나 다음 행위에 열중한다. 그 옆에서 점원이 무너진 책 더미를 부지런히 쌓아올린다. 부인은 아주 능동적이다. 루이의 청바지를 벗기고는 내가 한 번도 해준 적 없는 서비스를 베푼다. 루이가 마치 사정 직전의 소년처럼 절절한 신음 소리를 낸다. 정말로 성기가 자라나 당장이라도 정액을 내뿜을 듯한 목소리다. 그렇구나, 루이는 저런 것들을 해주길 바랐던 거구나, 나는 떨면서 생각한다.

눈을 떴을 때, 나는 곁에 느껴져야 할 온기를 찾아 차가운 시트를 어루만졌다. 쓰라린 질투와 격렬한 허기에 들볶이며, 루이는 어딘가에서 성기를 절단당한 남자아이일지도 모른다는 생각을 했다. 예전에 가졌던 성기의 기억이 그렇게까지 나를 갈구하는 성마름으로 이어지는 것이리라. 꿈속에서 처음으로 들은, 성적 쾌감이 절정에 달한 루이의 목소리가 언제까지고 귀에 들러붙어 사라지지 않았다. 그 목소리를 되새기며 나는 몇 년 만에 자위를 했다. 부끄러울 정도로 젖어 있었다.

루이를 잃게 되는 건 아닐까 하는 상실의 예감에 고통받게 된 건 그날 밤부터였다. 아니, 사실은 더 전부터, 밀월의 한가운데서부터, 처음 만난 순간부터 언제 사라질지 모를 환영을 보고 있는 게 아닐까 늘 두려웠던 느낌이다. 이 침대에서 루이에게 안겼던 게 고작 이틀 전 일인데 그 느낌을 이제 떠올릴 수가 없다. 꿈이 훨씬 더 리얼했다. 나는 질투심으로 어지러워 정신을 잃을 것만 같았다.

7

그 후로 사흘간 루이와 연락이 닿지 않았다.

토요일까지 기다리지 못하고 미타카에 있는 루이의 맨션에 가보기로 했다. 아직 한 번도 가본 적이 없어 일단 역 앞서점에서 미타카시의 상세한 지도를 구입했다. 루이가 말한 대로 커다란 절 옆에 그녀가 사는 맨션이 있었다. 파출소에서 타야 할 버스를 안내받고 기사 아저씨에게 내릴 정류장을 물었다. 도중에 몇 사람에게 길을 물으며 찾아다녔다.

이 주변은 밭이 많고 아직 놀랄 만큼 여기저기 녹음이 남았다. 무인 채소 가게에 양배추와 가지, 오이가 놓여 있다. '홉 스텝 미타카의 농업'이라는 수제 간판이 집집마다 빛난다. 이런 거리는 걷기만 해도 기분이 평화로워진다. 버스는 한 시간에 세 대밖에 없었다. 30분 가까이 타고 가서 내린 후에도 10분 정도 더 걸어야 한다. 그럼에도 여전히 도쿄의 일부다. 여기서 우리 집을 오가는 건 분명 힘들겠다는 생각이 들었다.

목적지인 절은 아무나 붙잡고 물어도 다 알았기 때문에 그리 헤매지 않고 도착할 수 있었다. 절의 광대한 부지 뒤편에 살그머니 숨은 것처럼 루이가 사는 맨션이 서 있었다. 예를 들자면, 그래, 유럽 지도 속에서 거대한 스페인에게 셋방을 빌린 듯 아담하게 위치한 포르투갈처럼 다소곳하게. 무척 오래되고 낡았지만 건물 주인이 목수인 만큼 만듦새는 튼튼해 보였다. 맨션 앞에 자그마한 정원이 있었는데, 고양이가 있는 걸 보고 거기가 루이의 방 앞이라는 것을 알았다. 1층 가장 안쪽이다.

맨션 입구에 우편함이 있기에 확인차 105호실 우편함을 열어보니 우편물 몇 통이 쌓여 있었다. 역시 계속 부재중인 걸까. 루이의 집 앞에는 낡아빠진 빨간 자전거가 놓여 있었다. 소위 말하는 엄마 자전거*였는데, 분명 이걸 타고 장을 보러 가거나 우체국이나 도서관에 가는 것이리라. 하지만 심하게 낡은 걸로 봐선 어쩌면 대형 쓰레기일지도 모른다. 자

---

* 마마차리(ママチャリ)라고 부르는 앞에 큰 바구니가 달린 주부용 자전거로, 장을 볼 때나 아이들의 등·하교에 주로 사용한다.

전거 바구니에 신문이 쌓여 있다. 날짜를 살펴보니 딱 루이가 우리 집에서 모습을 감춘 닷새 전부터다. 그 전에 사흘간 우리 집에 있었으니 일단 한번 돌아온 후 어딘가로 갔다는 말이다.

바로 옆 절의 녹음은 더없이 근사했다. 수목이 풍부하고 새 지저귀는 소리도 들려서 고요한 숲속에 있는 기분이다. 그 경치의 은혜를 가장 많이 입는 건 2층 끝 집 주인이겠지만, 루이의 집에도 녹음은 충분히 쏟아질 것이다. 노크를 해본다. 대답은 없다. 불도 꺼져 있고 사람 기척은 없는 듯하다. 빙 둘러 정원으로 나간다. 고양이가 세 마리 있었는데, 나를 보더니 두 마리는 재빨리 절과 건물 사이 담 밑으로 도망가 버리고 한 마리만 남아 나를 쳐다보았다.

"안녕."

나는 그 고양이에게 아양을 떨었다. 마르긴 했어도 왠지 모르게 위엄이 있는 아름다운 회색 줄무늬 고양이는 냉정하게 나를 관찰하는 듯했다. 처마 밑에 사료를 담는 용도로 보이는 그릇이 놓여 있고, 안에는 마른 잎이 한 장 들었을 뿐이었다.

"가엾어라. 배고프지?"

말을 걸었더니 고양이는 토라진 듯 냐앙, 울었다. 아까 도망친 두 마리도 담 밑 틈새로 가만히 나를 엿보고 있다.

"지금 먹을 걸 사 올게."

오는 도중에 발견한 편의점에서 고양이 간식을 사와서 그릇 안에 넣어주었다. 그러자 그 소리를 알아채고 어디선가 고양이들이 모여들어 앞다투어 먹기 시작했다. 총 다섯 마리가 있었다. 회색 줄무늬 고양이 한 마리, 흰 고양이 한 마리, 삼색 고양이 두 마리, 검은색과 흰색이 섞인 얼룩 고양이 한 마리였다. 흰 고양이만 몸집이 약간 크고 얼굴이 못났는데, 나머지는 다 날씬하고 예뻤다. 어쩐 일인지 못생긴 흰 고양이만 벼룩 방지용 핑크색 목걸이를 달고 있었다. 귀여워서 만지려고 하니 회색 녀석이 우, 하고 위협하며 화를 냈다.

거기에는 일상과 동떨어진 시간이 흐르고 있었다. 새소리 외에는 그 어떤 소리도 나지 않는다. 다른 집 사람의 생활 소음도 들리지 않는다. 어쩌면 다들 외출했는지도 모른다. 한 시간 정도 거기 있었을까. 그다음에 뭘 할지는 이미 생각해두었다. 바로 근처에 산다는 건물 주인을 찾아가 사정을 설명해볼 생각이었다. 이 주변에 있는 건축 사무소를 찾으면 거기에 아마 주인이 있으리라.

고양이들이 배를 채우는 모습을 끝까지 지켜보다가 이윽고 자리에서 일어나 맨션에서 나왔다. 건축 사무소는 금방 찾았지만 공교롭게 아무도 없는 듯했다. 하는 수 없이 버스 정류장으로 향하는 길을 터벅터벅 걷는데 맞은편에서 낯익은 사람이 걸어오는 게 보였다.

"어라, 쿠치, 여기서 뭐 하는 거야."

루이는 약간 당황하고 난처한 듯한 얼굴로 내 앞에서 걸음을 멈췄다.

"여태껏 어디 있었던 거야! 뭐 했는데!"

지나가던 할머니가 무심코 돌아볼 만큼 신경질적으로 소리 지르는 나를 보고 루이는 조금 기가 죽은 눈치였다.

"잠깐 야마나시에 있는 온천에 갔었어."

"뭐야, 넌! 대체 무슨 생각인 거야! 내가 얼마나 걱정했는지 알아? 누구랑 같이 있었어!"

"혼자."

"거짓말쟁이! 누가 혼자 온천에 가!"

"글 쓰려고 간 거야. 당연히 혼자 가지."

"어떤 여자랑 간 거야! 아니면 남자랑?"

바이섹슈얼인 인간과 사귀면 질투의 분량도 배가 된다.

나는 어느새 울음을 터뜨리고 말았다. 루이는 손수건을 건네주었는데, 그 손수건에서 루이가 뿌리지 않는 겔랑의 향기가 났다.

"우리 집에 온 거야? 지금 돌아가는 길?"

"바람난 거면 그렇다고 확실히 말해."

"아니라니까."

"난 이런 거 못 견디니까 솔직하게 말해."

"계속 연락 안 한 건 미안해. 근데 쿠치랑 있으면 어리광 부리느라 글을 못 쓰게 되는 거 같아서."

"그래서 말없이 헤어지려고 했어?"

"그러려고 했는데 역에서 나도 모르게 선물을 사버렸네."

루이는 가방에서 꾸러미를 꺼내어 내게 주었다.

"진짜 온천 만주*야."

"이거 좋아해."

"그럼 돌아가서 차 마시자."

"집에 들여주는 거야?"

"여기까지 왔는데 돌려보낼 순 없지."

나는 목 끝까지 치민 향수 의혹을 열심히 억누르며 다시 루이의 맨션으로 돌아갔다. 어찌 됐든 6일 만에 만났다. 여기서 싸움은 하고 싶지 않다.

처음 들어가는 루이의 집은 상상과 달랐다. 작가의 서재라고 하면 여기저기 책이 빽빽하고 쓰다 만 원고지가 흩어져 있으며 술병이나 자료가 뒹굴어 발 디딜 틈도 없으리라고 생각하기 십상이지만 그건 나쁜 고정관념이었다. 루이의 방은 깨끗하게 정돈되어 먼지 한 톨 없는 데다 군더더기 없고 심

---

* 온천의 증기로 쪄낸 찐빵의 일종.

플한 디자인의 가구가 가지런히 늘어서 있고 책장에 책도 의외로 많지 않았다. 그 공간에서는 고흐의 침실 그림 같은 청결한 금욕주의가 느껴졌다. 작은 책상 위에 자리 잡은 전자 타자기만이 겨우 이 방 주인의 직업을 추측하게 해주었다.

"자기 책도 없네."

"도서관에 있으니까 괜찮아."

루이는 차를 끓이는 것도 잊고 바로 나를 원하기 시작했다.

"계속 이러고 싶었어. 계속."

"바보야. 물러서는 건 안 어울려."

키스를 했을 때 루이의 목덜미에서 그 꺼림칙한 겔랑의 향이 희미하게 풍겼다.

어리석게도 나는 무언가 증거를 찾아내기 위해 루이의 옷을 벗겨 태초의 모습으로 만든 다음 온몸을 검사하며 여기저기 냄새를 맡았다.

"여자 냄새가 나."

"나도 일단은 여자니까."

"다른 여자 냄새가 나."

"온천 유황 냄새야."

가능하면 나도 그렇게 생각하고 싶었다. 그러나 루이의 허벅지 뒤쪽에 또렷하게 남은 붉은 반점을 나는 보고 말았다. 그건 예지몽이었을까? 누군가 다른 여자의 몸이 이 몸 위를 통과해 지나간 것일까? 추궁하면 벌레에 물렸다고 루이는 대답하겠지. 그렇게 보이기도 하니 말이다. 나는 묻기가 무서웠다. 하지만 묻지 않을 수 없었다.

"이건 뭐야?"

"모기 물렸어."

"그럼 이건?"

목덜미 쪽에도 반점이 있었다. 겨드랑이 뒤에도 있었다. 이런 각인을 온몸에 남겨야만 하다니, 이 얼마나 독점욕이 강하고 불쾌한 여자란 말인가. 덤으로 자신의 향기를 '이래도?'라고 말하듯 발라두었다. 가랑이에서도, 치아 사이에서도 겔랑의 향기가 났다. 루이는 향수 냄새가 진한 여자를 싫어해서 내가 늘 쓰는 디올 향수를 조금이라도 많이 뿌리면 화를 내며 닦아낼 정도였는데.

"적당히 해."

"잤으면 잤다고 말해. 화 안 낼 테니까."

말하면서 뚝뚝 눈물이 흘러 멈추지 않았다. 사실은 시치미 떼기를 바랐다. 진실 따위 듣고 싶지 않았다.

"절대 안 잤어."

"진짜야?"

"난 나쁜 인간이지만 쿠치만은 배신 안 해."

힘 있고 성실한 울림을 담아 루이는 단언했다. 살았다. 거짓말이라 해도 좋으니, 살았다.

"고마워. 의심해서 미안해."

나는 자진해 루이 위로 올라갔다. 입에서 목덜미를 지나 가슴을 애무하고, 가슴에서 배로, 그런 다음 성기에 이르자 주저 없이 애무하기 시작했다.

"쿠 짱, 왜 그래. 그런 거…….'"

놀란 루이가 나를 멈추려 한다.

"괜찮아. 하고 싶어."

나는 내 입으로 루이의 더러움을 정화해주고 싶었다. 내가 구석구석 다 핥으면 루이에게 들러붙은 여자의 그림자가 사라질 거라 믿고 싶었다.

"기분 좋아?"

"응…… 녹을 것 같아."

루이는 소리 내지 않으려 필사적으로 참으며 감동해 울고 있었다. 고마워, 고마워, 하고 몇 번이나 말했다. 루이는 아주 민감하게 반응했다. 몸을 비틀어 쾌감을 참고, 참아도 새어 나오는 소리 사이사이에 내 이름을 불렀다. 눈에서는 눈물, 그리고 아래에서는 다른 수분이 바다가 되어 내 안에 흘러들었다. 사랑이 절정에 이르면 손가락이 마비되고 혀와 턱 근육도 피로해진다는 사실을 나는 처음으로 알게 되었다.

땅거미 질 무렵, 루이의 팔베개 안에서 눈을 떴다.

밖에서 저녁매미가 운다. 그런 소리를 듣는 게 몇 년 만인지. 여기는 정말로 도쿄인 걸까. 숨죽이고 가만히 정적을 즐기고 있을 때 피곤이 묻어나는 목소리로 루이가 중얼거렸다.

"이제 돌아가."

"안 재워주는 거야?"

"안 돼. 여기에는 아무도 재운 적이 없거든."

"약았어. 우리 집에선 만날 자는 주제에."

내가 돌아간 후 누군가 여기에 올 것만 같은 느낌이 들어 마음속에 먹구름이 드리우는 것을 어찌할 수가 없었다.

"글 쓰고 싶으니까 혼자 있게 해줘."

"내가 그렇게 방해되는 거야?"

"있으면 못 써."

"없어도 못 쓰잖아. 그럼 관둬. 무능한 거니까."

루이의 눈이 잔혹하게 빛나는 순간을 나는 놓치지 않았다.

"지금 뭐라고 했어? 무능하다고?"

"그래, 무능한 거야. 일도 안 하고. 팔리지도 않는 소설에 매달려선. 바보 같아."

내 눈은 더 잔혹하게 빛나고 있었을지도 모른다. 입 안이 겔랑의 맛 때문에 썩을 것 같았다. 루이가 때리려고 덤벼들어주길 바랐지만 루이는 상심한 눈으로 나를 바라보며 생각지도 못한 이야기를 털어놓기 시작했다.

"우리 아버지는 투수였어. 중졸이라서 고시엔* 같은 건 못나갔지. 테스트를 보고 입단해서 쭉 2군이었어. 겨우 1군에 올라가서 했던 첫 경기에서 엉망으로 얻어맞았는데 마운드에서 내려올 때 무능한 놈이라고 야유한 팬에게 달려들어서 반죽음으로 만들었고, 그 일로 야구계에서 추방당했어. 겨우 열여덟 때였지."

해서는 안 되는 말을 해버린 모양이었다. 루이는 매섭게 나를 노려보았다. 그러나 겔랑의 원한은 멈출 줄 모른다.

"그게 어쨌다고."

"그때부터 아버지는 어머니랑 술장사를 시작했어. 나랑 쌍둥이 남동생이 태어났을 무렵이야. 예전 일을 아는 손님이 와서 술에 취해 무능한 놈이라고 시비를 걸어서 그 손님을 찔러버렸어. 그땐 합의로 무마했는데, 그런 일의 끝도 없는 반복이 우리 아버지 인생이었지."

나는 이때가 되어서야 이윽고 공포를 느끼기 시작했다. 루이가 이런 이야기를 하는 건 정상이 아니다.

"어머니도 중졸이거든. 대단한 종교학자의 딸이었는데 비뚤어졌지. 번화가에서 시너를 흡입하다가 헌팅당해서 아버

---

* 매년 8월 개최되는 전국고교야구선수권 대회. 해마다 예선에 3000개 이상의 팀이 참가하며 프로야구 못지않은 인기로 매해 수많은 화제를 낳는다.

지한테 걸려들었다더라. 고작 열일곱에 결혼했어. 종교학자 선생님한텐 무능하고 헤픈 여자라고 의절당했지. 야구선수를 낚았다고 생각했는데 싸움밖에 안 하는 순 변변찮은 남자였어. 어머니는 미쳐버렸어. 그리고 지금도 미쳐가는 중이고. 대단하지? 무능한 가족이야."

"미안해. 진심으로 한 말은 아니었어."

"아버지는 지금 교도소에 있어. 어머니는 정신병원에 있지. 나와 남동생의 DNA에는 패잔병의 피가 또렷하게 각인되어 있는 거야."

"그래도 루이는 소설을 썼잖아."

"내가 문학을 하는 건 돌연변이가 아니라 외할아버지의 피 때문이겠지만, 그것도 가짜야."

"오즈 고스케가 인정해줬잖아."

"누구에게 인정받건 사랑하는 사람에게 인정받지 못하면 소용없지. 나는 그런 사람을 사랑할 수 없어."

그 후로 얼마간 무거운 침묵이 어슴푸레한 방 안을 지배했다. 이런 이야기를 하는 데엔 상당한 각오가 필요하리라는 생각이 들었다. 루이는 그토록 완강하게 거부하던 가족 이야기를 치욕에 휩싸인 채 스스로 드러내 보인 것이다.

"이제 만나고 싶지 않아."

차갑고 엄격한 목소리였다. 낯선 타인 같았다. 갑자기 무력감이 치밀어 올랐다. 내가 나쁘긴 했다지만 그런 말까지 들어야 할 이유가 있을까. 그저 말실수 한 번인데 연을 끊는 처사까지 받아야 하는 것인가.

"진심으로 한 말이 아니라는 거 알면서. 대단하네. 그렇게 헤어지고 싶으면 헤어져줄게. 너 같은 거 이제 지긋지긋해."

방이 어두워서 루이의 표정은 보이지 않았다. 굳어버릴 것 같은 심장을 어떻게든 달래어가며 나는 구르듯 루이의 집에서 나왔다. 문을 여니 계단 밑에 고양이가 있었지만 이제 아양을 떨 여유가 없었다. 나는 고양이를 걷어차고 밖으로 뛰쳐나갔다.

8

돌아오는 버스 안에서도, 전차 안에서도, 길을 걸으면서도 주룩주룩 내리 울었다. 목욕을 하면서도, 밥을 먹으면서도, 잠들어 있을 때마저 몸의 부품이 고장 난 것처럼 눈물이 멈추지 않았다. 그런 말을 해버렸다는 후회와 아직 헤어지고 싶지 않은 미련, 언젠가 이렇게 될 수밖에 없었다는 체념이 한데 섞여 몰려들었다.

이튿날은 일요일이었지만 종일 아무 데도 나가지 않고 아무것도 먹지 않은 채 이불을 뒤집어쓰고 울었다. 밤이 되자 슬슬 울다 지쳐 슈퍼에 장을 보러 갔고, 거기는 루이와 자주 오던 가게였다. 생선 매장이며 정육 매장, 빵 진열대와 채소 코너, 그 모든 곳에서 그녀와 함께 샀던 물건과 그때의 정경이 떠올라 황급히 화장실로 뛰어가야 했다. 화장실 안에서

물을 내리며 소리 내어 울었다. 심지어 이 화장실에 관한 추억까지 있는데, 이제 막 사귀기 시작했을 무렵 이 화장실 칸에 끌려 들어와 5분 가까이 서로의 입술을 탐한 적이 있다. 백화점의 시착실에서 애무한 적도 있고, 즉석사진부스의 커튼을 닫고 내 가슴을 빤 적도 있다.

그렇게 이런저런 일을 다 했는데 어째서 이렇게 간단히 헤어질 수 있는 걸까. 나를 이런 몸으로 만든 건 루이가 아니던가. 그 음란한 손가락으로 내 가슴을 풍만하게 만들고, 허리와 엉덩이를 성숙시키고, 감도를 좋게 만들어주지 않았던가. 다름 아닌 여자의 손에 의해 더욱 여성스럽게 변할 수 있다는 건 생각해보면 아이러니라고밖에 말할 수 없다.

그럼에도 역시 이렇게 밀도 짙은 육체관계가 영원히 이어질 리 없었던 것이다. 언젠가 섹스를 하지 않게 되는 날이 온다면 그건 더 이상 루이가 아니다. 우리는 그렇게 운명 지어진 채 만난 것이다. 만나자마자 서로의 몸을 원했다. 상대가 여자라는 이유로 고민도 하지 않고서. 우리에게 순애 기간 따위는 없었다. 루이는 끝없이 나를 원했고, 나는 원하는 만큼 주었다. 루이에게서는 늘 한시도 주체할 수 없는 절실한 욕망이 넘쳐흘러 그걸 받아들이는 사이 내게도 욕망이 옮았고, 몸을 섞을 때마다 욕망은 승화되고 그 자리엔 절실함만이 남았다. 그래서 서로를 안으면 안을수록 우리는 절실해졌다. 순애는 나중에 찾아왔다.

루이는 아마도 순애부터 시작되면 안을 수 없게 되는 사람일지도 모른다. 너무 숭배한 나머지 우상이 되어, 살아 숨 쉬는 여자가 아니게 된다. 나는 그런 취급을 받고 싶지는 않다. 숭배받는 것보다 정욕의 대상이 되는 쪽이 훨씬 더 행복하다고 생각한다. 루이 덕분에 나는 성(性)의 심연에 닿을 수 있었다. 아무리 상처받고 짓밟혀 너덜너덜해진다 해도 이런 관계는 두 번 다시 그 누구와도 맺을 수 없으리라. 일생에 한 번밖에 용납되지 않는 종류의 쾌락을 준 루이에게 감사하며 막을 내려야 마땅할 것이다.

그걸 알면서도 스스로가 놀라우리만치 미련한 인간이라는 사실을 깨닫게 되는 나날이 이어졌다. 그때마다 나는 이렇게 생각했다. 당연하단 얼굴로 사료를 조르는 성가신 길고양이가 드디어 사라져서 평온한 생활을 되찾은 것이라고. 그 폭탄 같은 인간에게서, 그 깊은 집착에서 겨우 해방되어 얻은 소중한 자유가 지금 이 손안에 있다고. 이제는 늦게까지 친구와 술을 마시건, 모처럼의 휴일에 영화관이나 미술관에 가건, 늦은 밤에 긴 통화를 하건, 자고 싶은 만큼 자건, 공포 영화 다섯 편을 연달아 보건 다 자유다. 이제 누구도 나를 속박할 수 없다. 그 사치스러운 길고양이에게 들던 식비 부담도 줄어든다. 정성 들여 만든 요리가 싱크대에 버려질 일도 없다. 밤늦게 큰 소리로 싸워서 옆집 사람이 벽을 두드릴 일도 없다. 인간은 섹스 따위 하지 않고서도 살아갈 수 있다. 거기다 혹시 너무 하고 싶어지면 내게는 안아줄 남자가 있다.

기하치로에게 전화하는 건 아슬아슬한 순간까지 참을 생각이었다. 어쩌면 루이가 뉘우치고 전화를 걸어줄지도 모른다. 당장이라도 만나고 싶다며 울면서 사과할지도 모른다. 그래서 누군가와 약속을 잡는 일은 피하고 싶었다. 언제 전화가 와도 괜찮도록 일하는 중에도 휴대폰을 켜두고 한 시간 간격으로 착신 내역을 확인했다. 루이는 우리 집 여벌 열쇠를 갖고 있으니 갑자기 찾아올 수도 있다는 생각에 그녀가 좋아하는 슈퍼 프리미엄 아이스크림을 늘 냉동고에 채워두었다. 밤중에 몰래 들어올까 싶어 걸쇠도 걸지 않고 잤다. 그녀가 우리 집에서 입던 잠옷과 티셔츠는 깨끗하게 세탁해 다림질해두고, 꽃병에 꽃도 떨어지지 않게끔 했다. 만성 두통에 위장이 약한 그녀를 위해 상비약인 버퍼린과 정로환도 사서 넣어두었다. 나는 이런 자신을 한심하다 생각하면서도 온몸으로 루이가 돌아오길 기다렸다.

첫 이 주일은 2년 같았다. 그 감사할 줄 모르는 길고양이를 향한 미련과 증오가 끊임없이 의식 틈새로 기어들어 숨 쉬기도 힘들 정도였다. 함께 놀러 나간 적이 없는 우리는 같이 사진 한 장 찍은 적이 없고, 루이에게는 선물 하나 받은 적이 없다. 그러니 내게는 찢어버릴 사진도 없는가 하면 내다 버릴 물건도 없었다. 밤에는 센 술을 마시지 않고선 잠들 수 없게 되었다. 나는 사진을 찢는 대신 루이가 남기고 간 속옷을 가위로 조각조각 잘라 찢어 버렸다.

마지막에 들어버린 가족 이야기 때문에 심하게 마음이 동요하기도 했다. 부모님은 중졸이고, 아버지는 교도소에, 어머니는 정신병원에 있다는 이야기는 야마노베 루이라는 작가의 성장 과정으로는 정말 그럴싸한 이야기이니 어쩌면 루이의 창작일지도 모른다. 그렇게 생각하는 반면 그 이야기를 할 때의 루이가 전에 없이 진실을 말하는 사람처럼 보였던 것도 사실이다. 겔랑의 여자에 대해 금방 들킬 거짓말을 아무렇지도 않게 했듯이 루이는 천성이 거짓말쟁이지만, 나는 그 이야기만큼은 믿을 수 있다.

내게는 루이의 아픔이 아팠다. 루이의 성장 과정이 무거웠다. 설령 이대로 계속 사귀었다고 해도 어떻게 그녀를 위로해주면 좋을지 나는 짐작도 할 수 없었으리라. 지극히 평범한 가정에서 태어나 애정 넘치는 부모님과 언니에게 둘러싸여 평범하지만 행복하다고 할 수 있는 방식으로 성장한 내게 루이가 지나온 길은 상상의 범위를 넘어서는 것이었다. 솔직히 말하겠다. 나는 루이가 무서웠다. 가엾다고 생각했고, 그래서 한층 더 사랑스러웠다. 루이가 그 때문에 신을 저주한다면 나 역시 저주해도 좋다. 루이가 그 때문에 인간을 증오하고 세간에 침을 뱉는다면 나는 루이를 위해 울겠지.

그러나 후루마키 씨도 말했듯 루이는 글을 씀으로써 그것을 극복해야만 한다. 그런 수단을 발견한 건 그녀에게 있어 최고의 구원이라고 나도 생각한다. 그리고 글을 쓰는 데 내가 방해가 된다면 역시 사라져주는 수밖에 없겠지.

아무튼 헤어질 수밖에 없는 것이다. 그게 나를 위한 일이고 그녀를 위한 일이다. 이 인간이 아니면 살 수 없다는 식으로 목숨을 건 연애 따위 이 세상에 있을 리가 없다. 나는 그렇게 스스로를 타이르며 하루하루 매듭을 지어나갔다. 첫 이주일이 지나자 어느 정도 편하게 숨을 쉴 수 있게 되었다. 그 다음 한 주가 끝나갈 무렵 그걸 깨뜨리는 전화가 울렸다.

"달걀 반숙은 몇 분 삶으면 되더라?"

이름도 밝히지 않고 안부 인사도 없이 별안간 시치미를 뚝 뗐다. 그 후에 이어진 일순의 침묵으로 루이임을 알았다. 시치미에는 시치미로 대응하는 게 예의 같았다.

"5분이야. 딱 5분."

"아, 그렇구나. 고마워."

"그 이상도 이하도 안 돼."

"응, 알겠어."

"삶은 달걀 먹으면 배탈 나잖아. 괜찮아?"

"1년에 한 번 정도는 먹고 싶어지더라고, 삶은 달걀."

"달걀은 매일 먹는 게 좋아. 달걀이랑 우유는."

"둘 다 배탈 나."

"툭하면 배탈이지. 어린애 같다니까."

여기서 말문이 막혀 나도 모르게 울음을 터뜨렸다. 그리고 수화기 너머에서 루이도 울고 있다는 걸 알았다. 메구로와 미타카라는 먼 거리에서 하나의 전화선을 통해, 하나의 밤의 늪과 늪으로서, 우리는 함께 울었다. 이렇게나 서로의 마음이 가까이 있음을 느낀 건 처음이었다.

"쿠치, 보고 싶어."

수화기에서 눈물이 뚝뚝 떨어질 듯한 울음이었다. 루이는 꼭 어린아이처럼 마음을 다해 슬프게 훌쩍인다.

"나도 보고 싶어. 루이가 보고 싶어. 지금 당장 보고 싶어."

"역시 못 헤어지겠어. 쿠치가 없으면 안 된다고."

"지금 와. 택시비 내줄 테니까."

"아직 전차 안 끊겼으니까 전차로 갈게."

"괜찮으니까 택시 타고 날아와."

나는 바로 샤워를 하고 이를 닦고 새 속옷으로 갈아입은 후 루이를 기다렸다.

한 시간 후, 얼굴이 달라 보일 만큼 퉁퉁 부은 눈을 하고 야위어 초라한 모습에 지칠 대로 지친 루이가 내 품속에 안겨

들었다.

장미가 피었다.

뇌 뒤편에 흰 장미가 확 피어났다.

그날은 밤새도록 미친 듯이 섹스를 하고 몸이 후들후들 떨려 나는 다음 날 회사를 쉬어야 했다. 이튿날은 다행히 토요일이었다. 음식도 제대로 먹지 않고 종일 침대 안에 있었는데, 간헐적인 짧은 잠에서 깨어나면 곧장 서로를 탐해 잠시도 살갗이 떨어지지 않았다. 배가 고프면 피자 배달을 시켜 입에서 입으로 넣어주며 나눠 먹고 손에 묻은 기름도 서로 핥아주었다. 세수도 하지 않고 몸도 씻지 않고 타액과 체액 범벅이 되어 서로의 온몸에 키스 마크를 지겹도록 남기고 몸속 수분을 한 방울도 남김없이 다 배출해 바삭바삭 말라버릴 때까지, 우리는 사흘 밤낮 같은 시트를 뒤집어쓰고 지냈다.

손가락과 혀가 저리고 어깨는 뭉치고 유두는 찢어질 것 같았다. 목소리는 쉬고 허리 부근이 찌뿌둥하게 무거웠다. 두 사람의 머리카락과 음모가 몇십 가닥이나 시트에 떨어져 있었다. 몽롱한 의식으로 나는 월요일 아침 해를 응시했다.

"회사에 가야 돼."

"쉬면 안 돼?"

"더 했다간 죽을 거야."

"바라는 바야. 둘이 꼭 껴안고 죽자."

계속 나를 붙들어 묶어두려는 루이의 손을 흔들어 풀어내고 한숨을 쉬었다.

"역시 루이와는 사는 세계가 다른 것 같아. 가끔씩 따라갈 수가 없어."

나는 솜뭉치처럼 지쳤지만 일어나 샤워를 했다. 아침밥을 만들어 먹고 화장을 했다. 루이는 아침밥에는 손을 대지 않고 내가 화장하는 모습을 지그시 바라보았다. 평소처럼 루이가 원피스 지퍼를 올려주자 출근 준비는 끝이 났다.

"7시에는 돌아올 거 같은데 그때 있을 거야?"

"있을 거야. 저녁밥 만들어둘게."

"그럼 갔다 올게."

"있잖아, 확 껴안고 싶어지는 좋은 여자라는 거, 쿠치를 두고 하는 말이야."

"기쁘네. 오가와켄에서 케이크 사다 줄게."

한번 헤어졌다가 다시 만나면 유대가 깊어진다고들 하지만, 우리는 얼마 안 가 다시 일진일퇴를 반복하게 되었다.

루이는 또 우리 집에 눌러앉았고, 한동안 무르게 대한 덕분에 제멋대로 구는 건 예전보다 더 심해졌다. 질투도 도를 넘는 수준으로 격렬해졌다.

하루는 학창시절부터 친하게 지낸 친구로, 지금은 고향인간사이에 살고 있는 유미가 도쿄에 오게 되었다. 내가 루이와의 일을 털어놓는 건 그녀뿐이라 아무에게도 말할 수 없는 연애 고민을 상담하는 유일한 창구였다. 유미는 동성애에 편견이 전혀 없고 또 소설도 자주 읽는 편이라 이상적인 상담 상대라고 할 수 있었다. 그녀는 도쿄에 오면 늘 우리 집에 묵기 때문에 루이에게 이번 주말엔 집에 돌아가줄 수 있냐고 부탁했더니 아니나 다를까 화를 내서 싸움으로 번졌다.

"친한 친구면 소개해줘."

"루이도 친구 소개 안 해주잖아."

"난 친구가 없으니까."

"오랜만이라 편하게 만나고 싶어. 쌓인 얘기도 많고."

"나랑 못 만나게 하는 이유라도 있는 거야?"

이유라면 없지도 않다. 유미는 상당한 미인이라 루이와 만나게 하는 건 걱정이었다. 거기에 또 하나, 유미는 야마노베루이 소설의 팬이었다. 나에게 오즈 고스케의 서평을 읽도록 권하고 야마노베 루이라는 이름을 처음 알려준 사람은 다름 아닌 그녀였다. 내가 루이와 사귄다는 사실을 제일 처음 고백했을 때는 말도 못 하게 놀라워했다. 유미는 맹렬하게 반대했다. 그런 소설을 쓰는 사람과 사귀면 몸도 마음도 너덜너덜해진다는 이유에서였다. 그리고 그건 어떤 의미에서는 사실이었다. 최근에 헤어진 이야기를 했을 때 유미는 진심으로 기뻐해주었고, 다시 만난다는 사실을 알렸을 땐 멍청하네, 멍청해, 하고 몇 번이나 말했다.

결국 루이에게 등 떠밀려 만나게 해주기로 하고 말았다. 불길한 예감이 드는 동시에 루이를 떳떳하게 연인으로 소개할 수 있다는 기쁨도 없지는 않았다. 동성 커플에게는 그런 사소한 일조차 이룰 수 없는 꿈이 되기도 한다.

"불쾌하게 만들 수도 있는데 그럴 땐 미안해. 각오해둬."

미리 유미에게 양해를 구해야만 했다.

"뭘 그렇게 진기한 동물 말하듯이 해."

"딱 그거야. 그걸 길들일 수 있는 건 나 정도밖에 없고."

"자랑하는 거 같네."

30분 넘게 지각해 약속 장소인 가게에 나타난 루이는 딴 사람처럼 싱그러워 보였다. 세세한 부분까지 신경 써서 꾸몄다는 걸 알 수 있다. 나는 살짝 가슴이 설렜다.

"와, 상상했던 그대로의 사람이네."

루이의 인간성에 대해 실컷 험담을 했는데도 유미는 쉽사리 겉모습에 속는다. 책에 사인을 조르고 악수를 요청하면서. 루이는 마치 그런 일이 난생처음이라는 듯 긴장한 얼굴로 뺨을 붉히며 사인을 하곤 애독자의 손을 잡는다. 밉살스러울 만큼 호의적인 얼굴이다. 왜인지 문득 이 얼굴을 유미에게는 보이고 싶지 않다는 생각이 든다. 그렇구나. 나는 유미에게 루이를 빼앗기는 게 두려웠던 것이다.

"사실은 루이 씨랑 만나는 건 내키지 않았어요."

"왜요?"

"그거야 좋아하는 작가와는 만나고 싶지 않잖아요?"

루이는 수줍어하면서 어쩌면 좋을지 모르겠다는 듯 나를 보았다. 이렇게 부끄러워하는 루이는 처음이다. 어쩌면 이게 루이의 본질일까. 그녀의 모든 것을 아는 나조차 무심코 그런 생각이 든다. 말수가 적고 눈만 수다스럽게 반짝반짝 빛내는. 이런 그녀의 모습은 본 적이 있다. 첫 데이트. 하이유자 극장의 지하에 있는 바. 그때와 완전히 똑같은 얼굴이다.

"유미 씨는 결혼했나요?"

아아, 이 대사도 들은 적이 있다. 부정해주길 바라는 듯한 표정도 똑같이 그대로다.

"아뇨. 하고 싶은 생각도 없어요."

"쿠 짱은 하고 싶대요. 잔인하죠?"

"도쿠코는 옛날부터 엄청 결혼을 원했어요. 얼른 손주 얼굴을 보여달라는 부모님 압박도 심하고. 그래도 그런 말을 루이 씨한테 하는 건 정말 잔인하네요."

누가 더 잔인한 건지. 루이는 그 말을 듣더니 얼굴이 창백해졌다. 나는 유미가 얄미워졌다.

한 시간 정도 셋이서 마신 후에 루이는 먼저 우리 집에 가

있기로 했다. 끝까지 내숭을 떤 덕에 유미는 루이가 마음에
든 모양이었다.

"저 사람, 도쿠코를 진심으로 좋아하네."

"기하치로보다?"

"너한테 버림받아도 기하치로는 안 죽지만 루이 씨는 못
견딜걸."

"언젠가 루이가 날 죽이든지 내가 루이를 죽여버리든지 할
것 같은 느낌이 들어."

"널 위해서 하는 말인데, 기하치로한테 가. 왜 굳이 아수라
장에 들어가려는 거야."

헤어질 수 있는 거면 진작 헤어졌다. 나는 루이와 다른 사
람을 저울질하는 게 아니다.

새벽녘에 유미와 집에 돌아가니 루이는 미간을 찡그린 채
숙면 중이었다.

"이 잠든 얼굴을 보고 있으면 왠지 미간의 주름을 펴주고
싶어지네."

유미는 그렇게 말하곤 하염없이 루이의 잠든 얼굴을 바라
보았다.

조금 불경해 보일 정도였다.

9

　손님이라는 건 몰리기 마련이라 유미에 이어 그다음 주말에는 삿포로에 계신 부모님이 도쿄로 오시게 되었다. 아버지는 일 때문에 요코하마에 볼일이 있고, 오는 김에 어머니도 도쿄 병원에 입원한 먼 친척 병문안을 가게 되어 드물게 두 분이 함께 우리 집에 묵겠다고 한다.

　"미안해. 부모님 가실 때까지 미타카에 가 있어 줄래?"

　또 화를 내나 했지만 루이는 흔쾌히 승낙해주었다. 내 부모님에게는 흥미가 없는 모양이다. 루이가 부모님 일로 비뚤어진 게 가여워 나는 무심코 쓸데없는 말을 하고 말았다.

　"저기, 루이는 아버지 면회나 어머니 병문안 같은 거 가?"

　"안 가, 그런 거."

　"편지는 쓰고?"

"연 끊었다고 했잖아. 부모는 있지만 없는 거야."

"그럼 남동생은?"

"시끄러워. 내 가족 일에 관심 갖지 마."

"서로 사랑하면 관심 갖는 게 당연하다고 생각해."

"가족까지 세트로 사귀고 싶으면 저기 어디 보통 남자랑 결혼하면 되잖아? 오추겐이나 오세이보*를 주고받으면서, 오본**이나 설날에 같이 고향에 가는 거야. 만원 열차나 꽉 막힌 귀성길에도 굴하지 않고 손주 얼굴 보여주러 가고, 아버지의 날이나 어머니의 날에 빼먹지 않고 카드도 보내주는 그런 다정한 남자 잔뜩 있어."

"그렇네. 우리 부모님도 이제 나이가 있으니까 언제까지 이런 거 계속할 순 없지."

"헤어지자는 말이야?"

사소한 말싸움이 곧장 헤어지는 이야기로 발전하는 건 최근 들어 자주 있는 일이었다. 루이도 가엾지만 우리 부모님도 가엾다고 생각했다. 언니는 삿포로에서 결혼해 아이가 둘 있다. 집도 지었다. 아버지와 어머니에게는 언제까지고 도쿄

---

* 　오추겐은 7월 1일에서 15일 사이에, 오세이보는 연말에 가족이나 친구 등 평소 신세를 진 사람에게 보내는 감사의 선물을 뜻한다.

** 　양력 8월 15일에 조상에게 제사를 드리는 일본의 전통 명절로, 한국의 추석에 해당한다.

에서 빌빌거리고 있는 내가 유일한 걱정거리인 것이다. 설날에 갈 때마다 부모님은 눈에 띄게 늙어 있다. 부모님은 기하치로를 알기 때문에 선을 보라는 말은 한 번도 하지 않는다. 그저 묵묵히 기하치로와 결혼하기를 기다리는 것이다.

"헤어지고 싶은 건 너잖아."

"또 시작이네. 진짜 안 되겠다. 헤어지자."

"아아, 이제 지긋지긋해. 똑같은 일 반복이잖아. 너랑 있으면 나까지 머리가 이상해져."

"나가면 되잖아. 나가줄게."

루이는 곧 한마디 말도 없이 가방에 짐을 밀어 넣기 시작했다.

"전부 다 가져가. 이 잠옷이랑 셔츠도, 양말도."

"네가 사준 물건 필요 없어. 버리면 되잖아."

"가져가라고 하잖아!"

나는 그 옷가지를 루이에게 던졌다. 루이는 그걸 쓰레기통에 구겨 넣었다.

"너 같은 거 안 만났으면 좋았을 텐데. 나를 이렇게 만들고. 어디까지 상처 줘야 속이 시원한 거야? 나를 이렇게 만들고. 이렇게 만들고. 이렇게 만들고!"

나는 침실 물건이며 주방 물건을 끝에서부터 낚아채 루이에게 던졌다. 베개를 던지고 인형을 던지고 수건을 던지고 슬리퍼를 던졌다. TV 리모컨을 던지고 머그컵을 던지고 요리책을 던지고 카세트테이프를 던졌다. 국자를 던지고 계량컵을 던지고 파스타를 던졌다. 갖은 물건들이 쏟아지는 가운데, 루이는 곁눈질 한번 하지 않고 도망쳐 나갔다. 마지막에 현관에서 신발을 던지자 옆집 주인이 슬쩍 문을 열어 이쪽을 엿보는 게 보였다. 간호사 일을 하는 옆집 사람은 나와 눈이 마주치자 허둥지둥 문을 닫아버렸다.

혼자 남겨져 정신을 차려보니, 나는 식칼을 쥐고 있었다. 이것도 던질 셈이었을까. 아니면 이걸로 뭔가 하려고 했을까. 이런 걸 들이대고 가지 말라고 협박이라도 할 셈이었던 걸까.

이걸로 끝이라고 생각했다. 이런 짓을 하지 않으면 우리는 절대 헤어질 수 없으리라. 지난번 일로는 아직 부족했던 것이다. 더, 더 서로를 상처 입히고 더, 더 끔찍한 수라장을 거치지 않으면 우리의 연은 끊어지지 않는 것이리라. 더, 더, 더, 더.

그다음 주 토요일에 부모님이 오셨다.

생각보다 이른 시간에 도착한 탓에 나는 아직 한창 청소와 정리정돈을 하는 중이었다.

"30분이면 끝나니까 소파에서 TV라도 보면서 기다려줄래?"

내가 청소기를 돌리는 사이, 부모님이 선물을 펼치며 은근슬쩍 예리한 시선을 집 여기저기에 던져 내 생활 상황을 파악하려는 게 보였다. 남자 옷이 어딘가에 굴러다니고 있지는 않은지, 남자 냄새가 배어 있지는 않은지 눈과 코를 한껏 벌리고는 안절부절못하고 있다. 아버지는 소파에서 신문을 읽는 척하며 베란다에 널어둔 세탁물에 눈을 빛내고, 어머니는 주방에서 차를 준비하며 냉장고와 화장실을 엿본다.

"콘택트렌즈 끼기 시작한 거니?"

"아니. 전부터 눈은 좋았잖아. 왜?"

어머니가 묻기에 대답했더니 어머니가 의심스럽다는 듯 세면대를 가리킨다. 거기엔 루이밖에 쓰지 않는 콘택트렌즈 클리너 용기가 방치되어 있었다. 그리고 나는 세면대에 빨간색과 파란색 칫솔 두 개를 나란히 놓아둔 사실을 그제야 깨닫고 경악했다. 그뿐만이 아니다. 욕실 수건걸이에는 새먼핑크와 올리브그린으로 색만 다른 목욕 타월이 두 장, 식기 선반에는 부부 밥그릇, 찻잔과 커피잔, 수프 접시도 사이좋게 두 세트씩, 침실에는 네이비블루와 크림옐로 샤워 가운. 즉, 비좁은 집 곳곳에 루이와 생활한 흔적이 생생하게 남아 있던 것이다.

이건 어떻게 봐도 신혼집 같지 않은가.

"아아, 지난주에 유미가 묵으러 와서."

이걸로 약간은 얼버무릴 수 있다. 부부 밥그릇과 샤워 가운이 곤란하다면 곤란하지만 눈에 띄기 전에 감춰버리면 된다.

루이가 여자라서 다행이었다. 면도 크림이나 남자 속옷이 굴러다니지 않아 정말 다행이었다. 그리고 무엇보다 액자로 장식할 만한 두 사람의 사진이 없어서 다행이라고 생각했다.

이튿날인 일요일, 부모님과 긴자에 나갔다.

튀김 요리를 얻어먹은 후에 미쓰코시 백화점에서 쇼핑을 하고, 마지막으로 시세이도 팔러 카페에서 차를 마셨다. 어머니는 이 코스를 좋아했다. 루이와 함께였다면 미쓰코시보다는 마쓰야*에 갈 테고, 이토야 문구점과 이에나 서점에서 몇 시간이고 머물렀으리라. 한심하게도 부모님과 함께 걸으면서도 걸핏하면 루이를 생각했다. 맛있는 튀김 요리를 먹으면 루이에게도 먹여주고 싶고, 미쓰코시에서 고양이 디자인의 손목시계를 발견하면 이번 생일에 사줘야겠다는 생각을 한다. 그러고는 뒤늦게 아아, 우리 헤어졌지, 하고 깨닫는 것이다.

---

* 쇠고기덮밥, 카레라이스 등을 주메뉴로 하는 저렴한 식당으로 일본 전국에 체인점이 있다.

"그러고 보니 얼마 전에 기하치 씨가 오카야마에서 샤인머스캣을 보냈더라."

"엇, 나 아무 이야기도 못 들었는데."

"저번에도 후쿠야마에서 술 보내줬고."

"그거 맛있었겠네."

이런 행동을 하니까 순진한 부모님은 나와 기하치로의 결혼을 믿어 의심치 않는 것이다. 학창시절 겨울이 되면 자주 다 같이 스키를 타러 왔고, 기하치로는 그때마다 우리 집에 묵었다. 몇 명이 함께 손님방에서 잤는데 아버지는 특히 기하치로를 마음에 들어 했다. 어머니도 내 첫 경험 상대가 기하치로라는 사실을 안다.

"걔가 자주 그래?"

"최근 1년 정도 특히 신경을 써주네."

역시나. 부모님부터 구슬려서 조금씩 결혼으로 끌고 가려는 생각이겠지. 그렇게 급소를 찔러봐야 정작 중요한 내게는 루이가 있다.

―아니지, 이제 루이는 없는 건가.

부모님도 그렇다고 해서 결혼의 기억 자도 꺼내는 일은 없었고, 기하치로 이야기는 거기서 끊어졌다. 그 말은 우리 집에서는 금기어 같은 것이다. 실은 목 끝까지 차올랐을 테지만 참고 마는 모습을 보면 나는 부모님이 가여워진다.

돌아가는 비행기 시간이 가까워져 아버지가 화장실에 갔을 때, 어머니가 몰래 속삭이듯 말했다.

"아버지, 암일지도 몰라."

"뭐?"

나는 홍차 컵을 떨어트릴 뻔했다. 아아, 벌받은 거로구나, 하고 생각했다. 아버지가 병이라니 전혀 몰랐다. 어제부터 같이 있었지만 전혀 그렇게 보이지 않았다. 어머니는 컵 속의 얼음을 달그락달그락 휘저으며 레몬 조각을 빨대로 몇 번이고 찔렀다. 나는 스스로의 나약함이 질책받는 듯한 기분이었다.

"말 안 하려고 했는데."

"아니, 말 안 해주면 곤란하지."

"혹시 암이면 삿포로에 돌아와줄 거야?"

"아니, 그건……."

"농담이야. 그냥 말해본 거야."

"검사 결과 언제 나오는데?"

"다음 주."

"그렇구나. 그래서 둘이 같이 도쿄에 왔구나."

"본인도 나도 언니도 다들 각오는 했는데, 아버지가 너한테는 말하지 말라고 하더라고."

"너무해. 나만 따돌리다니."

"병으로 동정받아서 결혼 서두르게 만들기 싫대."

아버지는 그런 사람이었다. 여자 쪽에서 남자에게 결혼을
요구하면 안 된다고 생각하는 구석이 있었다. 그게 아버지의
미학이기도 했고, 그러다가 만에 하나라도 기하치로 같은 남
자를 잃게 되면 아깝다는 생각도 있었으리라. 그만큼 기하치
로를 소중히 여겼다. 내 아버지는 자존심이 센 사람이었다.

그리고 나는 자존심 센 아버지가 좋았다. 너무 센 자존심
때문에 출세 기회를 놓친 사람이지만, 어머니와 언니가 아무
리 그런 점을 한탄해도 나는 아버지의 그런 자질을 무엇보다
사랑했다고 생각한다. 내가 루이에게 끌리는 것도 그녀가 아
버지와 닮은 자존심 센 모습을 갖고 있기 때문일지도 모른
다. 이유 없이 너무 강한 자존심, 그 바로 뒷면에 숨은 서투른
가엾음에 나는 가장 취약할지도 모르겠다.

"괜찮아. 양성일 거야. 악성이라 해도 나을 거야."

"혹시 악성이면 아버지의 남은 인생도 잘 생각해서, 네가
앞으로 인생을 어떻게 살아갈 생각인지 엄마한테도 말해줘."

어머니는 타이르듯 엄격한 눈을 하고 있었다. 부부 밥그
릇과 샤워 가운 한 쌍을 들킨 걸까. 루이가 그 방에 남기고 간
에로스의 단편들을, 둘이서 그 방에 쌓아올린 빛나는 바다의
기억을, 밤마다 벽 속으로 빨려 들어간 새된 목소리의 끝없
는 여운을, 어머니는 엿보고 만 걸까.

"화장실 붐비더라. 뭐, 일요일 긴자니까."

아버지가 이윽고 돌아와 기분 좋은 듯이 말했다.

아버지. 아버지. 아버지. 아버지. 나의 아버지.

이번에야말로 그 아수라장 같은 사랑을 끊어내야 한다고 생각했다.

루이와는 이대로 잘 헤어져야만 한다.

육욕에 너무 빠지고 말았다. 이것이 응보인가. 아버지가 나 대신 채찍질당하는 것일까.

"하네다까지 갈게."

"여기서 헤어져. 그럼 건강히 지내라."

아버지는 헤어지기 전에 용돈 2만 엔을 주고 어머니와 택시에 올라탔다. 돌려주려고 창문을 두드리자 아버지는 창문을 내려 한 장을 더 주더니 맛있는 걸 사 먹으라고 했다. 그 말을 건네야 하는 사람은 나라는 사실을 깨닫게 될 만큼, 아버지의 굵은 목이 야위어 홀쭉해 보였다. 그 흔들림 없는 커다란 떡갈나무가 태어나 처음으로 미덥지 못해 보였다.

검사 결과를 알리는 어머니의 전화는 좀처럼 오지 않았다. 어쩌면 사정이 있어 재검사를 받게 된 걸지도 모른다는 마음과 내가 먼저 전화해서 나쁜 결과를 듣기는 힘든 마음 때문에 나는 그저 기다릴 수밖에 없었다.

루이와 헤어진 후로 루이의 부모님에 관해 깊이 생각하게 되었다. 아버지가 교도소에 있으면 대체 어떤 기분이 들까. 그리고 어머니가 정신병원에 입원한 건? 하지만 물론 아무리 상상해봤자 내게는 실감이 날 턱도 없고 쓸데없이 루이와의 거리가 가슴에 사무칠 뿐이었다. 그 어찌할 수 없는 거리감이 내 가슴을 쥐어뜯어 나는 그저 절망했다.

또한 나는 루이의 쌍둥이 남동생에 관해서도 여러모로 생각해보게 되었다. 루이와 같은 얼굴을 하고 같은 환경에서 자란 남자아이가 어딘가에 존재한다고 생각하면, 사람이 태어나 자라는 일의 신비함과 가엾음을 느끼지 않을 수 없었다. 어떤 이름으로 지금 어디에서 무얼 하고 있으며 루이를 뭐라고 부를까. 세상 가장 사랑하는 남동생. 루이는 자기 책 속지에 그런 말을 바쳤다. 어린 남매가 마음을 의지할 수 있었던 존재는 아마도 세상 하나밖에 없는 피를 나눈 자신의 분신뿐이었던 게 틀림없다.

기하치로에게도 남동생이 있는데 이쪽은 잘 안다. 이름은 리키사부로, 가업인 부동산업을 형 대신 물려받을 예정이다. 나는 그를 리키 짱이라고 부른다. 기하치로와 리키사부로, 이 기타이 형제는 중학교·고등학교의 학생회장을 차례로 맡은 유명인이었다고 한다.

음과 양. 이 두 쌍의 형제는 서로 다른 별에서 자란 것만 같다. 내가 루이의 별에서 살고자 하면 산소가 부족해 질식할지도 모른다. 나는 내가 잘 아는 별로 돌아가자. 그게 아버지의 바람이니까.

그때 전화가 울렸다. 밤 9시였다. 나는 어머니의 울먹이는 목소리에 대비해 최대한 마음의 준비를 하고 수화기를 들었다.

"욕실에 길이 20센티 지네가 있어!"

나는 말문이 막혔다. 요들송처럼 뒤집어진 목소리로 루이가 소리쳤다.

"어떡해! 무서워! 어떡해!"

"약 뿌려야지!"

"뿌려도 안 죽어!"

"우산 끝으로 밖으로 유인하면?"

"지금 집에 우산 없단 말이야."

"기름 뿌려서 태워 죽이면?"

"그런 짓 무서워서 못 해!"

나는 풀이 우거진 미타카의 암자를 떠올리며 거기라면 지네도 나올 법하다고 묘하게 납득했다. 어지간히 무서운지 끝도 없이 깍깍거리기에 하는 수 없이 말해버렸다.

"그럼 우리 집에 와도 괜찮아."

이번에는 그래도 택시를 타고 오라고는 말하지 않았다.

한 시간 반 후, 루이는 꾸물대며 현관 앞에 서 있었다.

"왜 항상 이렇게 될까. 왜 난 항상 용서해버리는 걸까."

나는 스스로에게 욕지거리를 하며 루이를 안으로 들였다. 루이는 잠깐 가출했던 수컷 고양이처럼 주뼛주뼛 경계하며 들어와서는, 집 안 냄새를 맡으며 돌아다니듯 어정버정하다가 마침내 자리 잡을 곳을 소파로 결정하곤 서먹서먹하게 앉았다.

"그런 전화를 해놓고 이제 와서 긴장하는 거야? 멍청해."

커피를 타줘도, 그걸 마신 후에도, 언제까지고 말없이 고개를 숙이고 있다. 가엾게도 완전히 풀이 죽은 모양이다.

"우리는 못 헤어지겠네. 항상 루이가 돌아와버리니까."

"미안."

"할 말은 그것뿐이야? 하고 싶은 일은 없어?"

"가슴 빨게 해줘."

나는 블라우스 단추를 풀었다. 그러나 헤어질 결심은 조금도 흔들리지 않았다.

10

섹스를 한 후에 욕조 물을 데워 루이와 같이 들어갔다.

천천히 시간을 들여 우리는 서로의 몸을 씻겨주었다. 루이는 머리를 감기는 게 아주 능숙해서 귀에 뜨거운 물이 들어간 적이 없다.

"이 주일간 많은 일이 있었어."

루이의 등을 씻어 내리며 아버지의 병 이야기를 했다. 루이는 맞장구도 없이 잠자코 귀를 기울였다. 그 등이 이별의 기운을 감지하여 살짝 떨리는 것처럼 보였다. 나는 루이의 등에 살짝 내 가슴을 가져다 대고 뒤에서 루이의 심장 부근에 왼손을 얹었다.

"루이를 지금도 너무 좋아해. 타인 같지 않다고 해야 하나, 이젠 그냥 나 자신 같아."

"쿠치. 부탁이니까 헤어지자고는 하지 마."

"헤어져도, 헤어져도 완전히 헤어질 수가 없어. 그건 알고 있어. 근데 이런 거 지치잖아."

"용서해줘. 더 소중히 대할게. 제발, 쿠치."

"서로 이렇게 좋아하는데. 분명 상성이 안 좋은 거야. 몸의 상성은 좋은데 성격이. 이대로 계속해봤자 분명 둘 다 엉망이 될 뿐일 거야."

"싫어…… 싫다고."

루이는 거품투성이인 몸을 떨며 쉰 목소리를 냈다. 나는 루이의 눈을 보지 않으려 하면서 샤워기로 거품을 씻어내 주었다. 매끈하고 흰 피부가 옅은 핑크색으로 물들고, 여자치고는 날카로운 허리 라인이 새삼 사랑스러움을 더했다.

"거기다 아버지 일이 없었다고 해도 난 역시 결혼이 하고 싶어."

이 말에 승산이 없는 건 불륜과 동성애뿐이리라.

루이는 등을 돌린 채 여리고 여린 숨을 토했다.

무언가를 받아들이고, 무언가를 포기하고, 지는 거라는 사실을 스스로에게 일러주는 듯한 모습으로, 마치 내일이 없는 잠자리처럼 여리고 긴 숨을 쉬었다.

"그런 대사를 언젠가 듣게 되지 않을까 생각했어."

"미안해. 내가 심한 말 했지. 원망해도 괜찮아."

"아니야. 받아주는 남자가 있으면 시집가. 상대는 기하치로야?"

"아니, 특별히 정해진 게 있는 건 아니야."

"언젠가 약속했던 거 기억해? 쿠치가 결혼할 땐 방해 안 한다고 했던 거."

나는 반쯤은 그 말을 믿지 않았다. 하지만 나머지 절반은 그게 루이의 유일한 사랑의 증거인 양 그 말에 매달려온 듯하다.

"쿠치는 남자가 지켜주는 게 더 어울리니까. 이렇게 좋은 여자를 남자가 가만둘 리 없지."

"근데 정말 헤어지게 되더라도 난 루이를 쭉 좋아할 거야."

"거짓말쟁이."

"진짜야. 있잖아, 우린 같은 여자니까 연인이 아니더라도 친구는 될 수 있지 않을까? 루이를 쭉 지켜보고 싶어."

"절대로 싫어."

루이는 단호하게 말하고는 욕실에서 나갔다.

"친구 같은 거 되기 싫어. 셀 수도 없이 섹스를 했잖아. 연인인 채로 끝내고 싶어. 친구 같은 거 하면서 마음 속이기 싫어. 거기다 난 쿠치를 만나면 무조건 안고 싶어지니까 단순한 친구는 될 수 없어."

"그럼 후루마키 씨는 어떤데?"

나는 전부터 묻고 싶었던 걸 터뜨려보았다.

"그 사람이랑 예전에 뭐 있었던 거 아니야?"

"왜?"

"그 사람은 루이를 사랑하니까. 저번에 만났을 때 그렇게 생각했어."

"예전에 반년 정도 같이 살았어."

깜짝 놀랐다. 연애 사건 하나둘 정도는 분명 있었으리라 생각했지만, 설마 동거를 했을 줄이야!

"언제?"

"첫 소설을 쓴 후에."

"그럼 후루마키 씨는 편집자인 주제에 상품에 손을 댄 거네."

"손댄 건 나고, 내가 집요하게 따라다녔어."

"왜 편드는데? 그 사람하고도 셀 수 없이 섹스를 했을 거 아냐. 그런데도 헤어진 후에 만나잖아."

"내 글을 이해해주는 게 그 사람밖에 없으니까. 그냥 일이야. 친구가 아니라."

"분하네. 나도 편집자였으면 좋았을 텐데."

그 후 루이는 화장실에 들어가 돌연 소리 내어 울음을 터뜨렸다. 제대로 된 통곡이란 바로 이런 걸 말하는 것이라고 생각했다. 나는 순간 이별 이야기를 전부 취소하고 다시 처음부터 시작하자고 말할 뻔했다. 그러나 아슬아슬한 지점에서 아버지의 야윈 목이 떠올라 그 말을 삼키게 만들었다.

"마지막으로 하나만 부탁이 있어. 들어줘."

나는 화장실 안으로 소리쳤다. 루이는 오열하며 응, 하고 말했다.

"죽지 말고 글을 계속 써. 많이, 아주 많이 소설을 쓰는 거야."

'응'으로도 '싫어'로도 들리는 힘겨운 목소리가 들렸다.

통곡은 한 시간 동안 이어졌다.

그날 밤 이후 야마노베 루이는 내 앞에서 자취를 감췄다.

두 번 다시 전화는 걸려오지 않았다.

그해 여름엔 내 앞에서 눈물을 쏟는 사람이 너무 많았다.

루이가 화장실에서 울었던 날로부터 이틀 뒤, 어머니가 울면서 검사 결과를 알려주었다.

"여명이 1년 3개월에서 6개월 정도래. 네 아버지가 뭘 잘못했다고."

기하치로와 만나 술을 한 병 마신 후 시부야에 있는 호텔에서 처음으로 펠라티오를 해주고, 안전한 날이 아닌데도 콘돔 없이 섹스를 했다.

"그 나쁜 남자랑 헤어졌어. 외로워 죽을 것 같아. 외로워 죽을 것 같아. 외로워 죽을 것 같아."

"괜찮아, 괜찮아, 네 옆에는 내가 있잖아."

"왜 늘 그렇게 착해?"

"나는 너랑 결혼할 거니까. 이제 절대 안 놓칠 거야."

"아버지한테 손자 얼굴 보여주게 해줄 거야?"

"바로 결혼하자. 여름방학 동안 이사하고. 아이가 생길 때까지 매일매일 노력하자."

이때 기하치로가 기쁨의 눈물을 흘렸다.

덤으로 기록적인 폭염 때문인지 매미까지 생명을 쥐어짜내어 울어대고 있었다.

그래서 매미 소리를 들으면 나는 지금도 그해 격동의 여름을 떠올린다.

7월에 루이와 헤어지고 8월에 기하치로와 혼인신고를 하고 9월에는 가족들만 모여 피로연을 열었다. 아버지의 병 문제가 있어 상대 부모님도 특별히 이의가 없었다. 이 피로연에서 아버지와 어머니가 울었다. 언니와 형부도 울었다.

신혼여행은 여름방학 중에 일주일 동안만 오키나와로 다녀왔다. 갑작스럽게 결정된 일이라 해외의 값나가는 허니문 투어는 전부 매진이었다.

우리는 기치조지에 있는 아파트에 신혼집을 차렸다. 게이오선 끝머리 쪽에서 부동산을 운영하는 기타이 집안은 장남의 결혼을 위해 본가에서 도보 5분 거리에 있는 귀한 분양 아파트를 구입할 준비가 되어 있었지만, 당분간은 월세로 좋으니 기치조지에 살고 싶다는 내 어리광을 받아주었다.

루이와는 연락이 끊기더라도 최소한 가까운 동네에 살고 싶다는 생각을 하지 않았다면 거짓말이다. 통근을 고려하면 둘 다에게 그럭저럭 편리하고 기치조지는 학창시절부터 자주 데이트를 했던 동네인 데다 기하치로가 좋아하는 가게도 잔뜩 있기 때문에 그도 불평은 하지 않았다.

임신할 때까지 일은 계속하기로 했다.

정말이지 바쁜 여름이었다. 너무 바빴던 덕에 루이를 간절히 추억할 여유도 없을 정도였다. 내게는 아주 다행스러운 일이었다.

그녀 소식은 알 길이 없어 여전히 미타카에 살고 있는지 어떤지도 알 수 없었다. 이따금 서서 문예잡지를 읽으며 루이의 작품이 실리지 않았는지 체크했다. 오즈 고스케의 평론도 빼놓지 않고 읽었지만 루이의 이름을 발견하지는 못했다.

그렇게 반년이 흘렀다. 루이가 없는 시간이, 늘 기하치로가 있는 시간이 반년 흘렀다. 아버지는 계속 투병했고 기하치로는 부지런히 아이 만들기에 힘썼다.

그리고 그 겨울이 찾아왔다.

교직원의 아침은 일찍 시작된다. 방과 후에도 회의니 보충수업이니 부활동이니 조합 모임이니 하는 것들이 있어 늦어지는 일이 많았다. 나는 회사가 끝나면 시부야에 있는 세이부 백화점이나 기치조지의 론론 쇼핑몰에서 식료품을 사서 곧장 집으로 돌아와 무조건 두 사람 몫의 식사를 만들고 남편을 기다렸다. 가끔 그가 먼저 돌아오면 쌀을 씻어두거나 세탁기를 돌려주고 욕조 물을 덥혀주곤 했다.

기하치로는 좋은 남편이었다. 설거지도 해주고 쓰레기도 버려준다. 식후 커피 타기도, 욕실 청소도 그의 역할이었다. 그리고 내가 만든 음식을 꼭 남김없이 다 먹어준다. 무얼 만들어도 맛있다며 잔뜩 먹는다. 친척이나 이웃과의 교류도 빈틈없이 잘하고 내 친구가 놀러 오면 웃는 얼굴로 응대했으며, 암 치료에 대해서도 열심히 공부해 내게 여러 가지로 가르쳐주었다.

우리는 일요일이 되면 이노카시라 공원에 가서 보트를 타거나 운동장에서 배드민턴을 쳤다. 또 차로 멀리 오쿠다마까지 나가서 테니스를 치거나 피크닉을 즐겼다. 기하치로는 밖에서 몸을 움직이는 걸 좋아했다. 일요일마다 가족 동반 인파에 시달리다 보면 루이에게서 점점 멀리 떨어져 나만이 살 수 있는 싸구려 행복을 품에 안았다고 느낄 때가 있었다. 그때마다 나는 태양과, 태양을 닮은 이 남자를 아주 조금 증오했다.

섹스는 늘 토요일 밤에 했다. 주에 한 번이라는 할당량은 그에게는 버거운 듯했지만, 아버지를 위해 남겨진 시간은 한정되어 있기 때문에 부부는 노력을 게을리하지 않았다. 그건 온전히 생식을 위한 섹스였다. 최근 3년간 지나치게 루이의 몸에 적응한 탓에 나는 남성의 페니스로는 제대로 느낄 수 없게 되었다. 솔직히 말해 방해가 된다는 생각까지 했다. 순간적인 쾌락은 분명 있지만, 발기하지 않으면 아무것도 시작되지 않고 사정해버리면 그걸로 끝이라니 정말이지 불편한 장치가 아닌가. 그런 건 넣지 않아도 좋으니 영원히 전희만 계속해주면 좋겠다고 생각하곤 했다. 하지만 그걸로 아이는 태어나지 않는다.

기하치로는 원래 담백한 성격인데, 삼십대 중반에 들어선데다 일 스트레스도 쌓여서 가끔 발기불능이 되었다. 어찌됐든 아이를 만들기 위해 그럴 땐 내가 적극적으로 펠라티오를 해서 어떻게든 일을 진행시키려 하는데, 그게 점점 한심스러워지는 것이었다.

"예전에는 이런 거 안 해줬었잖아."

"어른이 된 거야."

"나쁜 남자한테 배운 거야?"

"글쎄, 어떨까."

상대를 기분 좋게 해주기 위해서라면 무슨 일이든 마다치 않는 자세가 사랑이라는 것을 나는 루이에게 배웠다. 사랑 없는 섹스는 하면 안 된다고 루이는 가르쳐준 걸까. 생식을 위한 섹스만큼 불결한 게 없다고, 루이라면 그렇게 말할까.

"넌 음란한 여자야. 그렇게 나를 원해?"

원하는 건 이게 아니다. 아기다. 열심히 내 가슴을 빨아줄, 루이 같은 아이를 원한다.

"빨리 커져. 빨리 그걸 잔뜩 토해내라고. 빨리 나한테 아이를 줘!"

발기가 되면 남편은 내 가슴을 꽉 주무르며 허리를 흔들고, 그러고는 금세 끝나버린다. 나는 무언가를 느낄 틈도 없다. 이런 건 섹스라고 부르지 않는다. 그저 아기의 재료를 내 자궁에 들이붓는 의식이다. 여기에 에로스는 없다. 하지만 평온함은 있다. 나는 그 이상의 것을 원치 않는다. 그 3년 동안 평생 할 섹스를 다 해버렸다. 그걸로 충분하다고 생각했다.

"내일 유미랑 친구들이랑 술 마실 건데, 같이 갈래?"

"난 됐어. 일요일에 브라스밴드 콩쿠르거든. 아침 일찍."

"미안, 까먹었네. 나도 응원하러 가게 일찍 돌아올게."

"괜찮아. 천천히 놀다 와. 친구들한테 안부 전해주고."

기하치로는 내가 가끔 술을 마시고 늦게 들어와도 절대 불평하지 않는다. 나도 결혼 후에는 술자리에 나가는 일이 극히 드물었고 나가도 12시 전에는 들어오도록 신경을 썼다.

하늘도 길도 다 꽁꽁 얼어붙은 12월의 추운 토요일 밤이었다. 술자리는 시부야에서 8시부터였고, 나는 남편에게 줄 크리스마스 선물을 고르기 위해 조금 일찍 집을 나섰다. 올해는 고급스러운 카디건을 사주기로 결정했고, 시부야에서 아오야마까지 마음에 드는 걸 발견할 때까지 몇 곳이고 돌아다니며 찾을 생각이었다. 그런데 제일 먼저 들어간 파루코 백화점에서 이보다 좋은 건 없을 듯한 카디건을 발견해버렸고, 술자리까지 남은 시간을 때우기 위해 파루코 안에 있는 북센터에 들어갔다.

크리스마스카드를 고르고 잡지 코너에 서서 여성지를 읽다가 문고본을 한 권 산 다음 신간 코너로 갔다. 좋아하는 작가의 새 에세이를 찾던 중, 전혀 생각지 못한 곳에서 불쑥 눈앞에 그리운 이름이 날아들었다.

야마노베 루이의 신간이 엄청난 책 더미 한편에 조용히 누워 있었다.

"엇."

나는 소리를 내며 책을 집어 들었다. 손이 떨리고 가슴이 뛰었다.

주네의 재림이라 칭송받은 / 환영의 작가가 쓴 / 환영의 소설

띠지에는 그렇게 쓰여 있었고, 하쿠토샤에서 출판된 책이었다. 내 눈엔 그 짤막한 카피가 후루마키 씨의 러브레터처럼 보였다. 그리고 이것은 루이의 등골과도 같았다. 나와 헤어지고 어떤 마음으로 다시 펜을 쥐었을까. 그 금욕적인 방에서 얼마만큼의 고독을 견뎠을까. 루이의 냄새를 맡듯 나는 책 냄새를 가슴 한가득 빨아들였다. 종이와 잉크의 청결한 향이 났다. 쉽사리 결혼해서 안락하게 살고 있는 스스로가 처음으로 부끄러웠다. 치욕에 가득 찬 나는 버리고 온 그날들을 추억하며 넋을 잃고서, 책을 품에 안은 채로 그저 망연히 그 자리에 서 있었다. 그때 그 목소리가 들렸다.

"그 책, 안 살 거예요?"

숨이 멎을 것 같았다. 마음의 준비를 하고, 돌아보고, 그러고는 주저앉을 뻔했다.

"사면 좋을 텐데."

곤란하고 수줍은 듯한 얼굴로, 틀림없는 루이가 거기에 서 있었다.

"어어, 당연히…… 당연히 사야지."

나는 들 수 있을 만큼의 책을 정신없이 빼 들어 총 열 권을 품에 안고는 가격도 보지 않고 망설임 없이 계산대로 가져갔다. 계산을 마칠 때까지 루이는 가만히 나를 보고 있었다.

"사인해줄 수 있어?"

"좋아."

"책이 많으니까 어디 근처 커피숍에서."

그렇게 밖으로 나갔는데, 아아, 세상에나, 진눈깨비 섞인 비가! 그러나 이번에는 루이에게 우산이 없었다. 나는 가방에서 접는 우산을 꺼내어 펼치곤 루이를 들였다.

"쿠치는 항상 빗속에 서 있네."

"축하해. 잘됐어. 잘됐어, 루이."

나머지는 말할 수 없었다. 나는 기뻐서 울었던 게 아니다. 너무 슬퍼서 울었다. 내가 본 것은 내가 한 짓에 대한 잔혹한 복수였을까?

루이의 머리가 하얀색으로 완전히 뒤덮여 있었다.

11

"그래서, 뭐라고 쓰면 되는데?"

루이는 비엔나커피를 주문한 후 책을 펼치고는 내 새로운
성(姓)을 물었다.

"기타이가 됐어. 그래도 쿠치라고 써줘."

"역시 기하치로랑 결혼했구나."

루이는 방금 산 책에 사인펜으로 한 권씩 정성스레 사인해
주었다.

"아직 미타카에 살아?"

"고양이가 있어서 이사 못 해."

"나는 기치조지로 이사했어."

"아아, 그래? 가깝네."

루이는 얼굴을 들지 않고 묵묵히 사인을 계속했다. 나는

무어라 말을 걸고 싶은 마음을 참을 수가 없었다.

"고양이들은 건강해?"

"응."

"루이도 건강하고?"

"보다시피 흰머리가 늘어버렸네."

그건 늘었다 정도의 간단한 문제가 아니었다. 검은 머리카
락이 더 적을 정도였다. 루이는 원래도 새치가 있었지만 고
작 반년 사이에 이렇게 되는 건 분명 예삿일이 아니다. 나는
마리 앙투아네트의 유명한 일화를 떠올렸다. 혁명의 폭도로
변한 민중에게 붙잡혀 호송될 때, 하룻밤 만에 아름다운 금
발이 백발로 변해버리고 말았다는 그 이야기를.

"흔한 갈색 머리보다 훨씬 멋있어. 뭔가 멋스럽고 루이한
테 엄청 잘 어울리네."

그건 진심이었다. 타고난 위엄이 있는 덕에 프랑스 근처
어디쯤의 전위예술가처럼 보이지 않는 것도 아니다. 얼굴이
작고 두상이 예뻐서 아무리 수수하게 하고 있어도 루이의 숏
컷은 모양이 난다. 나는 루이의 부드러운 머리칼을 쓰다듬는
게 좋았다.

"다 했어."

열 권에 사인을 다 끝내고 책을 봉투에 넣어서 건네주었다.

"무겁네. 들고 갈 수 있겠어?"

"괜찮아. 이노카시라선으로 한 번에 가니까."

"역에서 몇 분 걸려?"

처음 만났을 때도 같은 질문을 받았던 기억이 달콤한 쓰라림과 함께 떠오른다. 그 후로 우리는 얼마나 멀리까지 와버린 걸까.

"12분."

"그럼 집까지 들어줄게."

술자리가 있다는 말을 할 수가 없었다. 그것보다 나는 루이와 있고 싶었다. 하지만 루이는 순간 주저하는 나를 간파하고 말았다.

"아, 볼일이 있는 거야?"

"사실은 유미랑 친구들이랑 망년회라서. 근데 안 가도 딱히 상관없어."

그만해, 그다음에 뭐가 있는 건데. 루이는 그런 눈으로 나를 응시했다. 집까지 바래다줘도 집에는 남편이 있다. 단둘만 있을 수 없다.

아니, 거기까지 생각한 건 내 쪽이었다. 루이와 단둘이서 있고 싶다고 바란 건 나였다. 루이가 무슨 생각을 하는지는 읽을 수 없다. 어쩌면 이제 나를 다 잊은 걸까? 내가 결혼했듯이 루이에게 새로운 연인이 생겼다 해도 이상할 것 없다. 그렇게 성욕이 강한 루이가 반년이나 혼자서 견딜 수 있을

리 없다.

"루이야말로 누구랑 데이트 가는 거 아니야?"

"그런 사람 없어."

"없을 리가 없는데. 책도 나왔으니, 또 서점에서 헌팅하는 거 아니야?"

"그런 거에 걸려드는 사람 쿠치밖에 없어."

"설마 쭉 혼자야?"

루이는 무표정하게 끄덕였다. 나는 마음이 격렬하게 동요하는 것을 느꼈다. 이 말이야말로 내가 가장 기다리던 사랑 고백이 아니던가. 루이의 행복을 빌면서도 루이는 혼자 있어주길 바랐다. 루이가 다른 여자의 가슴을 애무한다고 생각하면 마음 안쪽 가장 부드러운 부분이 불에 타는 것처럼 고통스러웠다. 나는 남자의 페니스를 애무했던 주제에. 이 무슨 이기적이고 비열하고 파렴치한 여자란 말인가.

"쿠치랑 헤어지고 누구랑 사귈 마음이 안 들어서. 그런 걸 또 반복할 바에야 고독함을 견디는 게 나아."

"미안해…… 용서해줘."

나는 루이의 오른손을 쥐고 양손 안에 감쌌다. 그렇게 하면 그녀의 고독이 조금이나마 치유되기라도 한다는 듯이 몇 번이고 문질러 덥혔다. 왜인지 그렇게 하지 않고는 견딜 수 없었다. 루이는 어떤 고통을 견디는 것처럼 가만히 무언가를 견디고 있었다. 루이의 손은 그녀의 눈처럼 차가웠다. 그런 어중간한 온기 같은 거 바라지 않아. 남자에게 안겼던 손으로, 그 더러운 손으로 내 마음을 건드리지 마. 루이의 눈은 내게 그렇게 말하고 있었다. 나는 부끄러워서 손을 놓았다.

"쿠치가 행복하다면 됐어."

"루이가 행복해지지 않으면 나도 행복해질 수 없어."

위선자의 말이다. 누군가와 함께 행복해지는 게 아니라 혼자서 충만한 행복을 나는 루이에게 바라고 있다. 이렇게 만나게 되다니 끝장이다. 나는 내 마음을 깨닫고 말았다. 요컨대 나는 아직 주체할 수 없을 만큼 루이를 사랑하고 있다는 사실을.

"사람은 사람을 밟고 넘어서 앞으로 나아가는 거야. 신경 안 써도 돼."

루이가 입가에 묻은 비엔나커피 크림을 혀끝으로 날름 핥으며 장난스럽게 윙크했다. 그것만으로, 루이의 혀를 살짝 본 것만으로 허리부터 그 아래가 저리면서 유두가 단단해짐을 느꼈다. 남편이 실제로 혀로 핥아줄 때도 그렇게 소름이 돋은 적은 한 번도 없었는데.

"이쪽에 아직 묻었어."

"엇, 어디?"

나는 루이의 입가에 손을 뻗어 검지로 크림을 닦아주었다.

이것 봐, 하고 루이에게 보였더니 루이는 내 손을 살짝 쥐고는 그 손가락을 핥았다. 뜨거운 혀였다. 이렇게 차가운 눈을 하고 있으면서도 여전히 따뜻하고 부드러운, 그 그리운 혀였다. 유두가 아플 정도로 바짝 섰다. 몸의 심지가 녹아버릴 것만 같다.

나는 황홀함을 들키지 않으려고 부러 강하게 손가락을 당겨와 커피를 전부 마신 후 시계를 보았다.

"열 권이나 사줘서 고마워."

"더 살게. 열 권 더 살 거야."

"고마워. 전 여자친구가 최고네."

"사면 전화해도 돼? 또 사인해주면 좋겠는데."

"얼마든지."

루이는 네이비블루 더플코트를 입고 자리에서 일어섰다. 나는 네이비블루 더플코트가 이렇게 잘 어울리는 여자를 알지 못한다.

"가려고? 책 안 옮겨줄 거야?"

"남편한테 데리러 오라고 해."

루이는 연합군 병사가 쓸 법한 멋진 군인 베레모를 코트 주머니에서 꺼내 비스듬하게 푹 눌러써서 백발을 감췄다.

그러고는 계산서를 획 쥐고 공원길 인파 속으로 사라져버렸다.

잘 가라는 인사도 해주지 않았다.

그날 밤 나는 조금 과음해서 드물게 잔뜩 취했다.

다른 친구 집에 묵기로 했던 유미가 갑자기 나를 바래다주고 우리 집에 묵게 되었다. 오른손에는 루이의 책, 왼손에는 기하치로의 카디건이 든 종이가방을 들고 비틀대며 걷는 나를 보다 못한 유미가 하나를 들어주었다.

"무거운 거 줘."

무거운 건 기하치로 선물이 아니라 루이의 책이었다. 이 우연한 쇼핑에 무언가 의미를 부여하고 싶어 하는 건 물론 한심한 짓이다.

"와, 진짜 무겁네. 여기 뭐가 든 거야?"

"루이 책. 드디어 두 번째 책이 나왔어. 한 권 줄게."

"벌써 사서 읽었어."

"엇, 도대체 언제 나온 거야?"

"지난달인가. 오즈 고스케가 또 엄청 극찬했어."

아무것도 몰랐다. 그런 건 전혀 몰랐다. 오즈 고스케의 글도 늘 신경 썼는데 하필 이번 달 잡지는 아직 보지 않았을 뿐이다.

"왜 안 알려준 거야!"

"너한테 안 좋아, 그런 거 읽으면. 가정불화의 원인을 만들고 싶지 않았거든. 나는 일단 기하치로와도 친구니까."

"그게 무슨 소리야, 내가 읽으면 부부 위기로 이어질 만한 내용이라도 있다는 말이야?"

"이번 책은 여자들 연애소설이야."

나는 심장이 얼어붙었다. 루이가 사소설 작가 계통이라고는 말할 수 없지만, 본 것, 들은 것, 체험한 것 전부를 쓰는 게 작가의 본능이라고 한다면 우리 이야기를 소설 재료로 사용하는 일도 충분히 있을 법하지 않은가. 나는 그 사실을 이제야 깨닫고 몹시 마음이 불안해졌다.

"연애소설이라기보다 성애소설이라고 해야 할까. 죄다 진한 섹스 묘사야. 처음부터 끝까지 여자 둘이 침대 속에서 끝도 없이 하기만 하는 포르노인데, 그게 하나도 야하지 않다고 해야 하나. 품격이 있더라."

"거기에 나는 안 나왔어?"

"한 사람은 이십대 시인이고 또 한 사람은 삼십대 유부녀였어."

"그 유부녀 엉덩이 골에 점은 없었어?"

유미는 엉겁결에 입을 다물었다. 역시 그렇구나. 설마, 설마, 그런 것까지 썼을 줄이야! 나는 머리를 감싸 쥐고 역 플랫폼에 주저앉았다.

"당했네. 그 녀석 역시 악당이었어."

"이것 봐, 말 안 하길 잘했지. 읽지 말고 다 헌책방에 팔아버려."

"사인을 받아버렸어. 못 팔아."

"만났어? 미쳤구나. 무슨 생각 하는 거야."

"오늘 서점에서 우연히. 기하치로를 배신하는 일은 아무것
도 안 했어."

"루이 씨, 어때 보였어?"

"루이는…… 루이는…… 혼자였어. 혼자 살고 있었어. 정
말 혼자서. ……나 어떡하지."

나는 플랫폼 바닥에 주저앉은 채로 루이의 모습을 떠올려
보았다. 그때 이노카시라선 전차가 천천히 미끄러져 들어왔
다. 유미는 승객들에게 방해가 되지 않도록 나를 일으켰다.

"어쩌고 말고 할 것도 없잖아. 만나버린 건 사고라고 생각
하고 잊어버려."

"그래도 가슴이 삐걱삐걱 울려. 머리카락은 백발이 되어서
는. 내 탓이야."

"다시는 만나면 안 돼. 루이 씨는 그 소설을 쓰면서 너랑 매
듭을 지은 거야. 이 이상 만나는 건 잔인해."

유미의 충고는 가슴에 사무쳤지만 내가 반대를 당하면 당
할수록 불타오르는 성격이라는 걸 이 친구는 잊은 걸까.

기치조지에 도착해 역에서 기하치로에게 전화를 걸었더
니 차로 데리러 와주었다.

"갑자기 미안해, 기하치."

"괜찮아, 괜찮아. 이불 깔아뒀어. 배는 안 고파?"

나는 그날 밤 한숨도 자지 않고 아침까지 루이의 책을 읽었다. 기하치로는 깊이 잠들고 유미도 술기운과 피로 탓에 곯아떨어졌다. 두 사람의 코 고는 소리를 들으며 나는 정신없이 루이의 소설 세계로 빨려 들어갔다. 그건 과거 우리의 밀월로 끌려 들어가는 일이었다. 우리의 천국과 지옥을 리얼하게 추체험하는 일이나 다름없었다. 하나부터 열까지 우리 이야기였다. 내가 죽을 것 같은 마음으로 봉인했던 기억의 부스럼을 예리한 메스로 하나하나 정성껏 벗겨내고 다시 상처를 도려내 선혈이 낭자하게끔 만드는 것이 루이의 일이었다. 사방으로 튀는 피 한 방울 한 방울이 언어이고, 핏덩어리로 된 진창이 문장이었다. 이윽고 집요하게 노출된 상처는 치명상이 되어 하나의 시체가 완성된다. 루이의 세계에서는 그 무참한 시체를 일컬어 문예작품이라 부른다.

"용서 못 해."

아침 해가 비쳐 드는 방에서 나는 소리 내어 중얼거렸다. 루이는 우리의 소중한 사랑의 기억을 피투성이 시체로 만들어버렸다. 그런 짓이 용서받아도 될 리 없다. 사람은 사람을 밟고 넘어 앞으로 나아가는 거라던 루이의 말을 나는 새삼 곱씹었다. 그 말은 이런 걸 의미했던 것일까. 너는 그렇게나 내가 미웠던 걸까. 이걸 쓰지 않고선 견디지 못할 만큼 너는 아슬아슬한 곳에 서 있었던 걸까. 이 책은 너의 등골 정도가 아니라 목숨이었던 걸까.

물론 그 시체에서는 악취뿐 아니라 꽃향기도 났다. 두 여자 사이에는 육체적 욕망을 넘어선 영원한 유대가, 최상의 사랑이라고 부를 수밖에 없는 그 무언가가 존재했으니. 나는 그것에 구제받았다. 하지만 그럼에도 용서할 수가 없었다.

나는 코트를 걸치고 주방을 지나 밖으로 나왔다. 신문 배달을 하는 청년을 부닥칠 듯이 지나쳐 큰길까지 나와서 택시를 잡았다.

"미타카 ××사까지 가주세요."

드물게 여성 운전사가 걸렸다. 살이 조금 찐 스가이 긴*이 10년 정도 젊어진 느낌의 산뜻한 중년 여성이었다. 대시보드 위에 스냅사진이 붙어 있었는데, 초등학생 정도로 보이는 남자아이 셋과 그녀가 찍혀 있었다.

"그거 자녀분 사진인가요?"

무심코 물었더니 스가이 긴 씨는 밝게 웃었다.

"10년 정도 전 거예요. 이제 전부 취직했죠. 제일 좋았던

---

* 조연배우로 오랜 시간 사랑받은 배우(1926~2018). 서민적이고 진솔한 연기로 인기를 끌었다.

시절 사진이에요."

"남편분은 사진에 없네요."

"도망가버렸어요. 딱 이맘때쯤인가. 완전히 증발했죠. 사실 남편을 찾고 싶어서 택시를 시작했어요."

이른 아침에 화제로 삼기에는 너무 무거운 가족 비화를 거리낌 없이 이야기했다.

"저기, 지아키 나오미 노래 틀어도 될까요?"

"네, 그럼요."

그 사진을 보고 아주머니의 이야기를 듣고 지아키 나오미의 노래를 듣는 사이에 나는 갑자기 정신이 들었다. 내가 지금 뭘 하는 거지. 기하치로가 슬슬 일어날 시간이다. 뜨거운 커피를 내리고 토스트를 굽고 샐러드와 달걀프라이를 만들자. 그런 다음 같이 콩쿠르에 가는 거다. 학생들과 함께 엘가를 듣고, 끝난 후에는 기하치로가 모두에게 오코노미야키*를 살 것이다. 학생들 중 누군가가 부인이 미인이시라고 아첨을 하면 나는 크게 기뻐하며 더 즐겁게 행동하자. 그게 교사 아내의 의무다. 그런 걸 진짜 행복이라고 하는 거다.

"죄송해요. 다시 돌아가주시겠어요?"

---

* 밀가루 반죽에 고기나 채소 등 다양한 재료를 넣고 철판에 구워 먹는 일본의 부침 요리.

152

"네. 방금 거기 말이죠?"

운전사 아주머니는 백미러로 내 코트 사이를 슬쩍 보았다. 나는 잠옷을 입은 채 뛰쳐나온 것이었다.

"어디 갔다 온 거야."

집에 돌아오자 기하치로가 이를 닦으며 느긋하게 물었다.

"잠깐 우유 사러."

"아무리 편의점이라도 옷은 갈아입고 가."

"네, 네."

기하치로가 루이의 책을 본 흔적은 없다. 이 부분에 대해 나는 거의 걱정하지 않는다. 그에게는 소설 알레르기가 있어 소설이라고 이름 붙은 것, 특히 일본 문학을 읽는 습관은 전혀 없기 때문이다. 내가 그를 결혼 상대로 고른 가장 큰 이유는 사실 거기에 있었다.

12

결혼 후 처음으로 맞는 크리스마스이브가 찾아왔다.

나와 기하치로 모두 낮에는 일을 해야 해서 밤 8시에 기치조지에서 만나 밖에서 밥을 먹기로 했다. 그는 이브날 밤에 아내를 데려갈 만한 세련된 가게는 알지 못하는 사람이라 자칫하면 이자카야에 가게 될 것 같아 내가 미리 프렌치 레스토랑을 찾아서 예약해두었다.

7시에 집에 돌아와 크리스마스 케이크를 굽고 있을 때 기하치로가 지친 목소리로 전화를 걸어 말했다.

"큰일 났네."

그의 반 학생이 신주쿠 번화가에서 폭력 사건을 일으켜 경찰이 개입한 것이었다. 일이 좀 복잡해질 듯해서 오늘 밤엔 늦어진다는 말이었다.

"미안해. 대신 내일 보상할게."

"괜찮아. 어쩔 수 없지."

"먼저 자."

"그렇게 많이 늦어?"

"못 들어갈지도 몰라."

"경찰서에서 자는 거야?"

"그 녀석이 아직 도망치는 중이라. 학교에서 대기하고 있어. 거기다 맞은 상대 학생이 좀 위험해서. 불쌍하게도 좀 위험한 부위를 때린 모양이야. 교장부터 해서 죄다 모여 있어. 곤란하네."

그 학생은 학교에서도 악평이 자자한 문제아로, 담임인 기하치로는 매번 그에게 휘둘려 부득이하게 귀가가 늦어지곤 했다. 학생 하나 때문에 열 명분 정도의 노동력을 써온 셈이다. 몇 번인가 퇴학을 당할 뻔한 걸 기하치로가 감싼 모양이었다.

기하치로는 독신 시절에도, 결혼 후에도 곧잘 학교 이야기를 했다. 그래서 3학년 A반 다카스 군은 우리 집에서는 우메보시*에 버금가는 식탁의 친구라 말할 수 있을 정도였다.

---

* 매실을 소금에 절인 후 말린 피클의 일종으로, 일본 가정의 식탁에 빠지지 않고 오르는 음식 중 하나이다.

"내가 뭐 도울 일 있어?"

"퇴근했을 때 맛있는 밥 먹게 해주면 좋지."

"뭐든 좋아하는 거 만들어줄게. 힘내."

그 녀석은 언젠가 살인이라도 저지를 듯한 눈을 하고 있다고, 기하치로가 전에 말하곤 했다. 나는 기하치로의 책장에서 앨범을 꺼내 반 사진을 보았다. 그 학생은 루이와 똑같은 눈을 하고 있었다. 엷은 초승달을 품은 짐승의 눈이었다.

나는 레스토랑에 전화해 예약을 취소하고, 소금에 절인 연어 토막을 구워 간단한 식사를 했다. 크리스마스이브를 혼자서 보내는 게 몇 년 만인지. 생각도 나지 않을 만큼 오래전이다. 적어도 최근 3년간은 루이가 있었다.

"떡은 떡집, 케이크는 케이크집에서 사야 돼."

그렇게 말하며 루이는 내가 구운 케이크를 먹으려 하지 않고 늘 독일인 디저트 장인이 하는 가게에서 크리스마스 케이크를 사 왔다. 나는 기하치로를 시작으로 역대 남자친구들에게 매년 수제 케이크를 먹여온 자부심이 있어서 독일인 디저트 장인보다 맛있는 케이크를 만들겠다며 대항했지만, 루이가 한 조각 이상 먹어준 적은 한 번도 없었다.

"스펀지가 너무 딱딱하고 생크림이 너무 달아. 쿠치의 남자들은 잘도 이런 걸 먹어줬네. 미각이 없거나 사람이 너무 좋거나, 둘 중 하나야."

루이는 선물 교환도 싫어했다.

"헤어진 후에 쿠치가 준 캐시미어 스웨터 같은 게 서랍에서 나오면 어째야 할지 모르겠어"라는 것이었다.

사진을 남기지 않은 이유와도 상통하는, 루이다운 찰나주의였다.

"헤어질 땐 쿠치 앞에서 연기처럼 사라지고 싶어."

그런 말을 자주 했었다. 그 소설만 아니었더라면 그 계획은 훌륭하게 성공했을 텐데.

다 구워진 케이크를 맛봤더니 올해 것은 아주 훌륭했다. 장식도 완벽하게 해냈다. 그런데 조금 클지도 모르겠다. 넋을 놓고 바라보는 사이, 나는 어떻게 해서든 그 케이크를 루이에게 먹여주고 싶어졌다. 만일 루이가 혼자라면 케이크를 가져다주는 일 정도는 안 될 것도 없지 않은가.

그날 이후로 루이에 관한 것은 가슴 밑바닥에 넣어두고 자물쇠를 걸었다. 하지만 그 열쇠는 번번이 부서졌다. 잘 잠기지 않아 늘 가슴 틈새에서 루이의 하얀 머리칼이 비어져 나왔다. 거기다 내게는 불평 한마디 정도는 할 권리가 있다. 어쨌거나 엉덩이 골에 난 점까지 썼으니 말이다. 열 권을 더 사겠다고 말한 체면도 있다. 사인을 또 부탁하지 않으면 나는 거짓말쟁이가 되고 만다. 한 번이다. 딱 한 번만 더 만나서 사인을 받고 불평 한마디만 하면 된다. 그걸로 전부 끝낼 수 있다. 이대로는 도무지 직성이 풀리지 않는다.

나는 케이크를 상자에 넣고는 루이와 헤어진 후로 한 번도 뿌리지 않은 디올 향수를 선반 안쪽에서 꺼내어 뿌리고 화장을 고쳤다. 그리고 저마다 화려한 커플들을 지나쳐 기치조지역 앞까지 종종걸음으로 걸었다. 큰 서점을 몇 군데 가봤지만 루이의 책을 진열대에 쌓아둔 곳은 역시 파루코 백화점의 북센터뿐이었다. 쌓아둔 여덟 권과 책장에 꽂힌 한 권, 그게 재고의 전부였다. 나는 어떻게든 약속한 열 권 전부를 사고 싶어서 주오선을 타고 미타카까지 갔다. 미타카 내의 서점을 돌아다니다 겨우 한 곳에서 책장에 한 권이 꽂혀 있는 것을 발견하고는 그걸 샀다.

그러고는 공중전화박스에 들어가 심호흡을 한 뒤 잊고 싶어도 잊을 수 없는 번호를 눌렀다. 한 번의 신호가 울리고 그 그리운 목소리가 들렸다.

"약속한 열 권 다 샀어."

숨을 삼키는 기색이 느껴졌다.

"지금 미타카에 있는데 혹시 혼자 있으면 나오지 않을래?"

"무슨 일이야, 쿠치. 크리스마스잖아."

"누구랑 같이 있는 거야?"

"혼자 있어."

"일하는 중?"

"아니, 딱히."

"그럼 나와. 사인해주기로 약속했잖아."

"알겠어. 30분이면 갈 거야."

그러나 루이가 나타난 건 45분 후였다. 약속 장소는 아담한 재즈 카페로, 오늘 같은 날 징글벨을 듣지 않아도 되는 유일한 장소일지도 모른다.

"이제 더 안 사도 돼. 쿠치가 다 사버리면 다른 사람이 못 사잖아."

루이는 자리에 앉자마자 코트와 모자도 벗지 않고 밉살스러운 말부터 했다.

"책은 좀 팔려?"

"팔릴 리가 없잖아. 순문학인데."

루이는 왜인지 짜증이 난 상태였다. 내가 내민 책에 묵묵히 사인을 하는 루이에게서 말을 걸기 힘든 분위기가 느껴졌다.

"갑자기 불러내서 화났어?"

"크리스마스이브잖아. 남편은 어쩌고."

"일 때문에 못 들어온대. 그 왜, 남편이 교사잖아. 24시간 영업 같은 거라서."

"그래서 외로워서 전화했어? 참 나, 못 해먹겠네."

루이는 무시무시한 속도로 사인을 휘갈기고는 주문한 코코아도 마시지 않고 자리에서 일어서려고 했다.

"그 태도는 뭐야! 못 해먹겠는 사람은 나라고! 이 소설은 뭔데! 잘도 그런 것까지 다 썼더라! 부끄러운 줄 알아, 부끄러운 줄!"

가게 안 사람 모두가 나와 루이를 쳐다봤다. 나는 내가 이성을 잃고 큰 소리를 내고 있다는 사실을 깨달았다.

"나가자."

"난 여기 있고 싶어. 재즈 듣고 싶어. 코코아 마시고 싶어."

나는 루이를 노려보며 부들거리면서 말했다. 그러자 루이는 뜻밖에 미약한 반격을 시도했다.

"왜 이런 짓을 하는 거야? 겨우 잊으려는 중인데. 왜 또 내 앞에 나타나는 거야? 나는 있잖아, 쿠치가 죽었다고 생각하면서 살았어. 그런데도 꿈에 나오니까 잠드는 것도 싫어졌어. 내가 어떤 마음으로 여기까지 왔다고 생각하는 거야?"

"그때 파루코에서 말을 걸었던 건 루이였잖아."

"꿈에까지 나오는 사람이 눈앞에 있으면 그건 못 참지."

"루이가 행복해 보였으면 나도 이런 짓 안 했어. 루이가 엄청 외로워 보였으니까, 그러니까, 미안해서."

눌러도, 눌러도 뿜어져 나왔다. 눈물도, 콧물도, 후회도, 미련도 줄줄 흘러 멈추지 않는다. 루이는 손바닥으로 내 얼굴을 닦아주었다. 그러자 더 멈추지 않았다. 흐르는 콧물도 개의치 않고 깨끗한 손가락으로 닦아주었다.

"집에 돌아가. 누군가의 품에. 안전한 거실에. TV랑 목욕
타월이 있는 곳에. 통통하게 살쪄서 행복하게 살아. 그리고
두 번 다시 내 앞에 나타나지 마."

"알았어. 알겠으니까 오늘 밤만 같이 있으면 안 돼?"

"만약 오늘 밤 같이 있게 되면 다시는 그 집에 안 들어갔으
면 좋겠어."

나는 순간 그 말에 매달릴 뻔했다.

그러나 루이는 곧바로 쿡 웃으며 분위기를 바꾸었다.

"농담이야. 이제 들어가. 오늘은 책 들어줄 수 있어."

따갑게 쏟아지는 가게 안 사람들의 시선을 받으며 우리는
가게를 나섰다. 갑자기 상점가의 모든 가게에서 우리 위로
캐럴을 쏟아냈다. 프랭크 시나트라에 야마시타 다쓰로도 있
었다. 제시 노먼도, 존 레넌도, 마쓰다 세이코도 노래했다. 루
이는 마치 쓰레기를 피하듯 조심스럽게 그 노래를 피해가며
걸었다.

둘이서 전차에 타니 꼭 그 시절로 타임 슬립을 한 것 같은
착각에 휩싸였다. 이제 가쿠게이 대학 근처의 맨션으로 돌아
가 전골을 먹고 침대에서 꼭 붙어 비디오라도 볼 듯한 느낌
이었다. 루이도 같은 생각을 하고 있음을 나는 알 수 있었다.

"내가 잃은 것 중에 그게 제일 커."

루이에게 그렇게 말해봤지만 루이는 멀뚱멀뚱 못 알아듣

는 척을 했다.

역에서 아파트까지 걸으면서도 루이는 "이 경단집 맛있는데, 알아?"라든지, "여기 당면 샐러드 최곤데"라든지, "이 집 카푸치노 마셔보면 다른 집 건 못 마셔"라며 가게 정보만 알려주면서 시간을 때웠다.

아파트에 도착하자 루이는 눈부시다는 듯 건물을 바라보았다.

"3층 제일 안쪽 집이야. 올라가서 케이크 먹고 가."

"안에는 안 들어갈 거야. 문 앞까지만."

"그럼 이 케이크 가져가."

3층에 올라가니 우리 집 문 앞에 누가 서 있었다. 야구모자를 눈 밑까지 푹 눌러쓰고 가죽점퍼를 입은, 고등학생 정도로 보이는 남자아이였다.

"저희 집에 용건 있으신가요?"

"여기가 기타이 선생님 댁이죠."

"학생인가요?"

"선생님 있나요."

"지금 없는데, 무슨 일이죠?"

"그럼, 난 이만 가볼게."

루이는 문 앞에 짐을 놓고는 순간 뜨거운 눈으로 나를 바라보더니 발길을 돌렸다.

멀어지는 루이의 등을 바라보던 그 순간이었다. 남자아이가 돌연 내 가슴팍을 붙잡고 낮은 목소리로 신음했다.

"문 열어. 안으로 들어가."

아파, 하고 작게 외친 내 목소리를 루이는 놓치지 않았다. 계단 앞에서 걸음을 멈추고 조용히 나를 돌아보았다.

"쿠치?"

"아무 일 아니야. 가. 아무 일 아니라고."

"쿠치, 무슨 일이야?"

"저 녀석한테 아무 일도 없다고 말해. 얼른."

그의 손을 풀어내려고 실랑이를 하다 야구모자가 떨어졌다. 엷은 초승달을 품은 짐승의 눈이 번쩍였다.

"살려줘! 살려줘, 루이!"

그가 곧바로 겨드랑이 밑에 칼 같은 것을 들이댔다. 루이가 달려오는 것과 그가 내 손에서 열쇠를 빼앗아 문을 여는 일이 거의 동시에 일어나면서, 우리는 셋이 함께 집 안으로 밀려 들어갔다.

"너, 다카스 군이지? 왜 여기에 있는 거야."

"시끄러. 그 녀석은 어떻게 됐어."

"남편은 학교에……."

"기타이 말고. 내가 때린 놈 말이야. 이야기 못 들었어?"

"분명 괜찮을 거야. 포기하지 말고 경찰서에 가. 같이 가줄 테니까."

루이는 영문을 모르겠다는 표정으로 상황을 지켜보고 있다. 다카스가 칼을 슬쩍 내보이고 있는 상태라 몸을 움직일 수가 없다.

"다 알고 있는 거야? 젠장, 미치겠네."

"뭐 하러 여기 온 거야? 선생님이랑 이야기하려고 왔어?"

"누가 그딴 놈이랑. 돈이야. 돈 내놔."

"얼마 필요한데?"

"10만 엔이든 20만 엔이든 있는 대로 다 내놔."

"주는 건 괜찮은데, 어디 쓰려고?"

"당연히 도망치는 데 쓰지."

"알았어. 지금 은행에 가서 뽑아 올 테니까 잠깐 기다려."

"안 돼, 못 믿겠어. 이 여자가 인질이야. 몰래 신고 같은 거 하면 찌를 거야."

다카스는 난폭하게 루이의 머리칼을 쥐고 목덜미에 칼을 들이밀었다.

"그만해! 그 사람한테 손대면 가만 안 둘 거야."

"시끄러! 큰 소리 내면 이 녀석 찔러버릴 거야."

"찔러, 꼬맹아."

루이는 전혀 겁내지 않고 선뜻 말했다.

"뭐라는 거야, 이게. 얕보지 마."

다카스는 가차 없이 칼에 힘을 실었다. 쭉 그어져 피가 배어난다. 루이는 얼굴색 하나 변하지 않고 도리어 미소를 지었다.

"좀 더 과감하게 확 찔러. 아프지도 않으니까."

"부탁이야, 그만해. 부탁이니까 그만하라고!"

칼이 더 깊숙이 들어갔다. 루이의 황홀한 표정을 보더니 흉포한 짐승의 눈이 두려움의 눈빛으로 바뀌었다.

"죽고 싶은 거야, 너?"

"죽고 싶진 않지만 딱히 목숨이 아깝지도 않아서."

그때 누가 격렬하게 문을 두드렸다. 내 비명을 들은 옆집 사람이 관리인을 불러온 것이었다. 이윽고 여벌 열쇠로 문이 열리고 곧바로 경찰과 구급차가 왔다.

그러나 루이는 찰과상이라며 구급차에 타는 건 극구 거절했다. 목에 머플러를 감고 아무 일 없었던 사람처럼 돌아가려 했다. 돌아가기 전에 다카스에게 이런 말을 해주는 배려까지 보였다.

"예전에 그런 말 많이 들었어. 서른이 되면 편안해진다고, 더 편안하게 살 수 있게 된다고. 아마 진짜 그럴 거야. 무슨 일이 있었는지는 모르겠지만."

후에 왜 그런 일을 당하고도 경찰에게 말하지 않고 따뜻한 말까지 해준 거냐고 물어보았다.

"눈이 남동생 같았거든."

루이는 그렇게 말했다.

13

　새벽녘에 기하치로가 지친 얼굴로 돌아왔다.

　그 소동 이야기를 듣더니 기하치로는 꼭 나의 '친구'에게 사과하고 병문안을 가고 싶다고 했다. 다행히 다카스가 때린 상대 학생은 위급한 상태는 넘겼고 후유증 걱정도 없다고 했다.

　"그 야마노베 씨라는 분은 어떤 일을 하시는데?"

　"소설 같은 거 쓰는 사람."

　"너 작가랑 아는 사이였어? 어디서 알게 됐어?"

　아무리 그래도 서점에서 헌팅을 당했다고는 말할 수 없었다. 우연히 파티에서 만나 친해졌다고 순간적으로 거짓말을 했다.

　"꼭 소개해줘."

　"엄청 특이한 사람이야. 사람 싫어하고 시의심도 강하고,

성격은 나쁘지, 우울 발작이 도지면 손도 못 써. 아무튼 어려운 사람이야. 보통 방법은 안 통하는 사람."

"그래도 친구잖아?"

나는 문득 생각했다. 만약 루이와 처음에 자지 않았다면 우리는 친구가 될 수 있었을까, 두 사람 사이에 육체적인 욕망이 끼지 않았더라면 둘도 없는 친구가 될 수 있었을까, 하고. 알 수 없다. 우리는 먼저 자버렸고 그건 자고 싶다고 생각했기 때문이며 성별을 넘어 격렬하게 서로 끌리는 점이 있었기 때문이리라. 루이는 모르겠지만 나는 특별히 여자를 좋아하지는 않는다. 나는 루이가 좋았던 것이다.

"그건 그렇지만."

"친구 험담은 하면 안 돼. 너답지 않아."

가슴이 덜컥했다. 기하치로가 이런 식으로 타이르면 순순히 반성하고 만다. 가끔 이렇게 그의 훌륭한 성격을 마주할 때면 이 남자를 소중히 해야겠다는 생각이 든다.

"관리인 말로는 피가 꽤 많이 났다던데. 입원하는 게 좋지 않아? 혼자 살지? 비용은 다 내가 부담할 테니까 억지로라도 병원에 데려가."

"알겠어."

"일단 이거, 위로금이라고 하고 전해줄래?"

기하치로는 은행 봉투에 넣은 10만 엔을 건넸다.

"당신 일도 참 힘드네."

"폐 끼쳐서 미안해."

"다카스 군은 왜 우리 집에 왔을까."

"나랑 이야기하고 싶었던 것 같아. 경찰서에 같이 가줬으면 해서. 집 앞에서 기다리는데 예쁜 여자 둘이 오니까 어질어질했다는 모양이야. 부인 향수 냄새를 맡으니 마음이 변해서 부인을 강간하고 도망치자는 생각이 들었다고 하더라."

"진짜 어이없는 녀석이네. 루이가 없었으면 어찌 됐을지."

"어제 그 후로 외출했던 거야?"

"케이크에 쓸 딸기가 부족해서 잠깐 세이유 마트에 사러 갔거든. 근데 루이랑 딱 마주쳐서. 당신 없어서 적적하니까 같이 케이크 먹으려고 했지."

입에서 술술 거짓말이 나왔다. 그러나 겨드랑이 밑에는 땀이 난다.

"모처럼 이브인데 망쳐서 미안해. 자, 메리 크리스마스."

기하치로의 선물은 18K 귀걸이였다. 작지만 다이아몬드도 박혀 있다.

"고마워, 예쁘네."

과장스럽게 기뻐했더니 별스럽게 아침부터 나를 꽉 껴안고 스커트 단추를 풀었다. 스웨터와 슬립도 곧 벗겨졌다. 나는 전혀 그럴 기분이 아니었다. 어젯밤에 그대로 혼자 돌려보낸 루이를 병원에 데려가야만 했다.

"지금은 안 돼. 좀 자는 게 좋을 거야. 밤까지 참아."

"이렇게 힘 나는 거 지금뿐일지도 몰라."

기하치로는 브라를 벗기더니 딱딱해진 것을 내 배에 들이밀었다. 한숨도 자지 않았는데, 분명 아주 피곤할 텐데. 정신적으로도 꽤 타격이 있을 텐데. 남자의 신체 구조, 발기의 메커니즘은 알다가도 모르겠다. 최근엔 이걸 부풀리기 위해 턱이 피곤해질 정도였는데.

"어때, 대단하지. 기쁘지?"

자력으로 섰을 땐 정말로 기뻐 보인다. 이럴 땐 정말 단순한 남자구나 싶다. 아니, 남자의 생리가 정말 단순하다고 해야 할까.

"이거 봐봐, 내 거 이만큼이나 크다고."

"어머, 대단해라. 너무 멋지네."

기하치로는 섹스 중에 아기 말투를 쓸 때가 있다. 늘 그렇진 않지만 심하게 흥분했을 때 그런 경향을 보인다. 학생 때는 그렇지 않았다. 교사가 되고부터 이렇게 됐다. 나는 아무래도 보모로서의 역할을 요구받고 있는 눈치라 자연스레 이런 말투로 대처한다.

이럴 땐 저항해도 소용없다는 걸 알기 때문에 딱딱해진 것을 쥐고 넣어준다. 스스로 넣는 게 아니라 보모 손에 이끌리는 걸 그가 좋아하기 때문이다. 그가 환희에 찬 신음을 흘린다. 아아, 루이, 루이. 어제의 루이 얼굴을 떠올리며 나는 허리를 흔든다. 루이가 손가락을 핥아줬을 때 느꼈던 감각을 반추하며 남편의 페니스를 조인다. 남편은 싱겁게 끝나버리고 만다.

내게 키스를 하고 정성스레 정액을 닦은 후 인격을 제자리로 돌리고 기하치로는 샤워를 하러 갔다. 나는 된장국과 달걀프라이로 아침 식사를 차렸다.

"나 잠깐 잘게. 점심 먹을 때 깨워줘."

"위로금 주고 올게."

"꼭 입원하게 해."

이걸로 당당하게 루이를 만나러 갈 이유가 생겼다. 나는 그게 기뻤다.

미타카 맨션으로 갔더니 루이는 아직 자는 중이었는지 잠옷 차림으로 현관 앞에 나왔다. 목에 감은 붕대가 애처롭다. 피가 조금 배어나 있다.

"뭐 하러 왔어."

"너 병원에 데려가려고."

루이는 대답 없이 침대로 돌아가 괴로운 듯 누웠다. 고양이 한 마리가 특별 대우를 받아 침대 끝에 몸을 말고 있다. 기본적으로 집 안에는 들이지 않는다고 들었지만, 고양이도 겨울에는 추우니 들어오고 싶을 터다.

"일단 그 붕대부터 갈아야 해."

루이는 순순히 내 말을 따랐다. 오래된 붕대를 풀자 상처가 생각보다 깊었다. 나는 처음으로 기하치로를 원망하고 싶어졌다. 그가 교사가 아니었다면, 열정적인 교사만 아니었다면, 악평 자자한 불량소년의 애증의 대상이 될 정도로 좋은 교사가 아니었다면 루이는 이런 일을 당하지 않았으리라.

"미안해. 용서해줘."

"누굴 용서해."

"그 학생. 그리고 기하치로도."

"그런 건 됐어. 전혀 신경 안 써. 근데 쿠치는 용서 못 해."

"루이를 버리고 결혼했으니까?"

"여기에 왔으니까."

루이는 내게서 붕대를 뺏어가려다 통증 때문에 얼굴을 찡그렸다.

"택시 타고 병원 가자. 응?"

루이는 정말로 아픈 듯이 신음한다. 얼굴이 창백하다. 더 이상 내게 욕할 기력도 남지 않은 모양이다. 나는 길로 뛰쳐나가 택시를 잡았다. 기사분에게 기다려달라고 하고 루이를 질질 끌듯이 데리고 갔다. 루이에게는 거스를 힘도 없었다.

"제일 가까운 외과 병원으로 가주세요."

"바로 근처에 큰 대학 병원이 있어요."

"그럼 거기로 가주세요."

긴급 환자라는 이유로 루이는 즉시 치료를 받았다. 그런데 일반 병실에 빈 침대가 없었다. 하루에 3만 엔 정도 하는 특별실은 비어 있다고 했다.

"꼭 거기로 부탁드려요."

나는 곧바로 갈아입을 잠옷과 속옷, 슬리퍼 같은 것을 사러 달려갔다. 돌아와 병실에서 기다리니 예쁜 간호사가 루이의 휠체어를 밀고 들어왔다.

"와, 호텔 같네."

진통제 효과인지 간호사가 예뻐서 기쁜 건지, 루이는 묘하게 기분이 좋았다. 나는 병실 온도를 조절하고 있는 간호사에게 들리지 않도록 못을 박았다.

"예쁜 간호사라고 추파 던지면 안 돼."

루이는 욱해서 나를 노려보았다.

"그만 돌아가. 이제 안 와도 돼."

"그렇게는 안 되지. 몸도 닦아야 하고 화장실도 가야 하고. 누가 옆에 없으면 곤란하잖아?"

"그런 건 전부 간호사가 해줄 거야."

"간호사는 시중드는 사람이 아니야. 그런 거 해줄 리가 없잖아. 아니면 저 예쁜 간호사분이 그런 걸 해줬으면 하는 거야? 내가 아니라 저 간호사가 몸도 닦아주고 요강도 갈아줬으면 하는 거?"

"화장실 정도는 갈 수 있어. 그리고 여기에는 샤워실도 있고. 이상한 질투하지 마. 유부녀 주제에."

흥분하면 다시 통증이 도지는지 루이는 몸을 비틀며 괴로워하기 시작했다.

"아파? 힘들어? 지금 간호사 부를게."

버튼을 누르자 10초도 되지 않아 방금 전 간호사가 왔다. 발소리도 들리지 않았는데.

"야마노베 씨, 무슨 일이세요?"

"아파…… 아파…… 아파요……."

루이는 온몸을 간호사에게 맡긴 채 완전히 의지했다. 그 모습을 보니 가슴이 무너지는 것 같았다. 매일 밤 내 가슴에 매달렸던 그때 그 얼굴 그대로였기 때문이다.

"잠시 나가 있어 주시겠어요?"

진통 주사라도 놓는 건가 싶었다. 정오가 지났기에 복도에서 휴대폰으로 기하치로에게 전화를 걸었지만 깊이 잠들었는지 받지 않는다. 이제 들어가도 될까 싶어 문을 열었다가 나는 숨을 멈추고 그 자리에 섰다.

엎드린 루이의 엉덩이에 간호사가 손가락을 찔러 넣고 있는 게 아닌가. 좌약을 넣고 있다는 것을 깨닫기까지 몇 초가 걸렸다. 나는 보지 말아야 할 것을 눈꺼풀에 새기고 말았다.

"이제 괜찮을 거예요. 통증은 금방 없어질 테니까."

루이는 어울리지 않게 새빨개져서는 간호사에게서 등을 돌렸다. 이 싱그러움. 내버려두면 반드시 루이 쪽에서 먼저 애태울 게 분명하다. 연상인 데다 육감적이고 포용력이 있어 보이는, 루이가 선호하는 타입이다. 내 머리 뒤편에 검고 작은 벌레가 기어 다닌다. 장미를 먹어치우려 하는 것이다.

간호사가 나가고 다시 둘만 남겨진 후, 정신을 차려보니 나는 축 늘어져 누운 루이의 등을 꽉 끌어안고 있었다. 가슴을 딱 붙이고 머리칼을 쓰다듬었다. 루이는 미동 없이 그대로 있었다. 나는 잠옷 위로 루이의 가슴을 만졌다. 루이는 땀을 흘리고 있었다. 버튼을 풀고 직접 만졌다. 루이는 여전히 가만 견디고 있었다. 나는 잠옷 바지에 손을 넣었다. 중지로 속옷 위 중심을 쓸었다. 그곳이 점점 젖어 들었다.

촉촉한 눈으로 돌아보는 루이와 눈이 마주쳤다. 누가 먼저랄 것 없이 입술을 가져가 우리는 키스를 나누었다. 긴 키스였다. 그것만으로 우리는 동시에 절정에 달했다.

키스만으로 이토록 먼 곳까지 데려가주는 사람은 루이뿐이었다.

"미안해."

할 수 있는 말은 고작 그 정도였다. 나는 루이에게서 떨어
져 이불을 덮어주었다.

"자. 밤까지 계속 있어줄 테니까. 접수대랑 매점에 다녀올
건데 뭐 필요한 거 있어?"

"쿠치가 필요해."

기도하는 듯한, 쥐어짜내는 듯한 목소리였다. 눈물이 날
것만 같았다.

"나도 루이가 필요해."

나는 커튼을 닫고 반지를 뺀 다음 옷을 벗고 루이의 침대
로 파고들었다.

루이는 몇 번이고 천국으로 데려가주었다.

아니, 그건 오히려 지옥의 시작이었을지도 모른다.

오후의 병실, 침대 속에서 우리는 흰 장미의 심연을 보았다.

루이는 12월 25일에 입원해 29일에 퇴원해버렸다.

상처는 아직 낫지 않았지만 특별실의 가격을 안 루이가 완
강하게 사양한 데다 이런 곳에서 새해를 보내고 싶지 않다는
이유로 나머지는 통원 치료를 하게 되었다. 나도 새해에 루
이를 그 예쁜 간호사와 함께 두고 싶지 않았기 때문에 동의
하지 않을 수 없었다.

그렇다곤 해도 나와 기하치로는 30일부터 다음 달 3일까

지 삿포로에 가 있을 예정이었기 때문에 새해에는 루이를 혼자 두게 되었다. 아버지의 병이 아니었다면 우리 때문에 다친 친구를 위해 도쿄에 남아 돌봐줄 수도 있었겠지만 올해만은 그럴 수 없었다. 아버지에게는 마지막 새해가 될지도 몰랐다.

루이는 새해엔 매년 집에 혼자 있었다. 시즈오카에서 자란 모양인데 돌아갈 곳은 없다고 한다. 나는 그런 루이가 가여워 삿포로에서 도쿄로 돌아갈 때면 게와 성게, 연어알과 트라피스트 쿠키* 같은 것들을 선물로 잔뜩 샀다. 홋카이도 여자만 한 게 없다고 루이는 늘 말하곤 했다.

입원 중일 때 나는 회사가 끝나면 곧장 미타카에 있는 병원으로 향했고, 면회시간이 끝나기 직전까지 곁에 있었다. 28일부터 회사가 연휴여서 하루 종일 붙어 있었고, 29일도 퇴원한 루이를 집까지 데려다준 후 청소와 세탁을 하고 장을 보면서 밤까지 함께 있었다. 결국 기하치로는 한 번도 병문안을 오지 못했다.

"떡도 샀고 메밀국수도 샀고 기분의 오세치**도 있어. 귤도

있고 화과자도 있고 인스턴트 카레도 있고. 루이는 인스턴트 라면은 안 먹지만 그래도 스파오*는 먹잖아. 하겐다즈도 열 개 있어. 또 부족한 건 없으려나."

루이의 냉장고를 가득 채우고 마지막엔 스키야키**를 만들어 먹었다. 연말에 먹는 스키야키는 우리의 연례행사 중 하나였다. 이것만은, 연말의 스키야키만은 기하치로와 함께 하고 싶지 않았다. 섣달그믐에는 누구나 전골이나 스키야키를 먹고 싶어 하지만, 우리 집에서는 무조건 전골을 먹게 될 것이다. 죽음을 앞둔 아버지가 간절히 원하지 않는 이상 스키야키만은 먹고 싶지 않다.

"맛있어?"

"전부 다 꿈같아. 작년 스키야키에서 변한 거 하나 없이 쭉 이어지고 있는 것처럼."

"이것도 불륜이 되는 건가?"

면회시간 끝 무렵에 루이의 침대로 파고드는 것을 멈출 수가 없었다. 루이는 아무 말 없이, 사랑을 속삭이는 말은 한마디도 하지 않고 키스마크를 남기지 않도록 조심조심 나를 안

---

* 인스턴트 스파게티 제품.
** 간장으로 맛을 낸 국물에 쇠고기와 채소 등의 다양한 재료를 넣고 자작하게 끓여서 먹는 전골 요리의 일종.

왔다. 만약 1인실이 아니었다면 이렇게는 되지 않았을 것이다. 나는 그 후에 샤워까지 할 수 있었다.

"이런 거 이제 그만하자. 진짜 그만하자, 쿠치."

"응, 알겠어. 이제 그만하자."

이제 그만하자고 말하면서도 우리는 어느새 딱 달라붙어 있었다.

우리는 훌쩍훌쩍 울면서 서로를 탐했다. 종국에는 쾌락인지 고통인지도 알 수 없게 되었다. 그런 후 집에 돌아가는 건 정말이지 괴로운 일이었다.

"이제 돌아가. 버스 끊기겠다."

"가기 싫어. 여기 있고 싶다."

"어디 도망갈래? 멀리 남쪽 섬에서 코코넛 같은 거 주우면서 살까."

그것도 나쁘지 않은 생각이다 싶었지만 결국엔 샤워를 한 후 옷을 입고 버스에 올라탔다.

버스 제일 뒷좌석에서 머플러를 깨물고 필사적으로 오열을 참아야만 했다.

14

해가 바뀌고 도쿄에 돌아오자 루이가 사라지고 없었다.

1월 3일 밤에 걸었던 전화는 부재중으로 넘어갔고, 이튿날 오전에 찾아갔지만 역시 없는 듯했다. 우편함에는 연하장이 몇 통 있었지만 자전거 바구니에 신문은 쌓여 있지 않았다. 고양이들도 딱히 배를 곯은 기색은 없다. 삿포로에서 사온 선물을 냉장고에 넣고 싶었지만 여벌 열쇠가 없기 때문에 방법이 없다. 연락을 달라는 메모를 문틈에 끼워두고 그날은 돌아왔다.

다음 날도, 그다음 날도 루이에게선 아무 연락도 없었다. 나는 사흘에 한 번꼴로 미타카에 갔지만 상황은 바뀌지 않았다. 신문은 쌓여 있지 않았고, 고양이는 굶주리지 않았으며, 우편함 속 연하장도 몇 장 늘었을 뿐이었다.

어디 여행이라도 간 게 아닐까 짐작했지만, 신문은 미리 끊어둔 거라고 해도 고양이를 설명할 길이 없다. 누가 사료를 주는 거라고밖에 생각할 수 없었지만, 이 맨션에 사는 사람들은 다 고양이를 싫어해서 눈치가 보인다고 했었으니 보다 못한 주민이 챙겨준 건 아닐 터다. 기하치로에게 이야기했더니,

"상처가 덧나서 다시 입원한 거 아닐까?"

하고 말하기에 그럴 가능성도 있겠다 싶어 병원에 전화를 걸어서 물어보았다.

"아, 야마노베 씨는 한동안 여행을 가게 됐다면서 그간 먹을 약이 필요하다고 섣달그믐날에 오셨어요."

"며칠분 받아 갔나요?"

"가능한 한 많이 달라고 하셨는데 한 번에 드릴 수 있는 양이 정해져 있어서요. 기껏해야 사나흘분 정도일 거예요."

"어디로 간다든지 그런 말은 없던가요?"

"더운 나라라고 했던가. 푹푹 찌니까 붕대 대신 쓸 건 없냐고 하시더군요."

세상에나. 루이는 진짜 남쪽으로 도망가버렸다. 나를 버리고, 나와의 용서받지 못할 밀회를 버리고, 진작에 끝나버린 사랑을 다시 한번 끝내기 위해서.

1월 중순이 지날 무렵, 루이에게서 항공우편으로 그림엽서가 도착했다. 방콕 차이나타운의 그림엽서였다. 기하치로가 발견해서 싱글싱글 웃으며 내게 건네주었다.

새해 복 많이 받아. 잠시 여기서 소설을 쓰고 있어. 천장의 도마뱀도, 냉수 샤워도, 파리가 꼬이는 노점 밥도, 병적인 교통 체증도 완벽하게 적응했어. 나는 여기서 찾을 게 있으니 그걸 발견할 때까지 오래 머물지도 몰라. 한가할 때만이라도 괜찮으니까 우리 집 고양이들에게 밥을 주면 고맙겠어.

그것뿐이었다. 아무리 읽어도 그게 다였다. 기하치로는 그림엽서를 보더니 부러운 듯이 말했다.

"취재 여행인가. 좋겠다."

"그래도 이런 싸구려 숙소에 묵을 수 있겠어?"

"그건 싫어. 그럴 거면 뭐 하러 해외에 가. 호텔만은 사치부리고 싶은데."

"찾을 거라는 게 뭘까."

"소설 테마나 그런 거 아냐?"

이렇게 루이의 그림엽서를 두고 부부가 대화할 수 있다는 건 왠지 기묘한 느낌이었다. 남편의 눈에도 보이도록 오픈해서 연락함으로써 내 안에서 루이라는 인간의 무게감을 의도적으로 지워버리려 하는 것 같았다. 즉, 그건 자기를 잊어달라는 루이의 메시지였을지도 모른다. 말없이 사라지면 내가 심하게 대미지를 입을 걸 알기에 그렇게 하는 것이 루이가 해줄 수 있는 최소한의 배려였을지도 모른다.

하지만 그 의도는 역효과였던 모양이다. 내 안에서 루이의 무게는 줄기는커녕 점점 더 부풀어 오르기만 했다. 내 몸은 머리끝부터 발끝까지 루이로 가득했다. 나는 별로 웃지 않게 되었고 밤마다 술에 절어 지냈으며 집안일도 방치하게 되었다. 남편과의 성관계도 견디기 힘들어진 데다 아이도 더 이상 갖고 싶지 않았고, 회사에 가는 것도 괴로워졌다. 일요일에는 더욱 괴로웠다. 루이의 고양이에게 밥을 주기 위해 루이가 없는 루이의 맨션에 매주 다녀왔다. 고양이들은 극심하게 굶주린 상태일 때도 있고 밥에 입도 대지 않을 때도 있었다. 모두 나에게 완전히 적응해서 정원에 들어가기 전부터 내 발소리를 알아채곤 반겨주러 나오게 되었다. 가장 경계심이 강했던 그 회색 고양이까지 자기를 만지게 해주었다. 나는 루이를 쓰다듬는 대신 루이의 고양이를 쓰다듬었다.

그 무렵부터 그 꿈을 꾸기 시작했다.

아까부터 내 위에 내리는 것이 눈인지 꽃잎인지 모르겠다. 그건 소리도, 온도도 없이 팔랑팔랑 내 위로 내려와 부드러

운 소나기처럼 나를 녹인다. 나는 눈을 뜰 수가 없다. 몸을 움
직일 수도 없다. 다만 어둠의 밑바닥에 웅크리고 앉아 그 기
운을 느끼고 있을 뿐이다.

어쩌면 그건 누군가의 눈물일지도 모른다. 내 이름을 부르
는 목소리가 들린다.

누군가가 같은 어둠의 밑바닥에서 내 이름을 부르며, 내게
무언가를 원하며 눈물 흘리고 있다. 나는 그 목소리에 대답
하려 한다. 그러나 목소리가 나오지 않는다. 숨도 쉴 수 없다.

점점 공기가 옅어지고, 온몸에서 땀이 터져나온다.

어둠 속에서 끊이지 않고 나를 두드리는 눈물에서 불현듯
꽃향기가 났다.

…… 그건 장미꽃이었다.

시들어가는 장미꽃의 향기였다.

나는 알 수 있다. 흰 장미다.

아아, 루이가 울고 있는 것이다.

늘 거기서 눈을 뜨면 나는 가슴이 꽉 죄는 듯한 행복감에
사로잡힌다. 꿈속에서 루이의 얼굴을 볼 수 있는 것도 아니
고 육체적으로도 괴로운 꿈임에 틀림없는데, 루이와 아직 어
딘가에서 연결되어 있다는 느낌 때문일까. 일어나보면 깜짝
놀랄 만큼 베개가 젖어 있기도 했다. 잠든 새 루이의 눈물이

정말 내 위로 쏟아져 내린 것처럼.

옆에서 자던 기하치로가 잠든 채 우는 나를 가엾다는 듯 바라보고 있을 때도 있었다. 그럴 때면 꿈의 내용을 들킨 것처럼 한껏 수치스러워진다.

"많이 지친 것 같아, 너. 회사 관둬도 괜찮아. 내 수입만으로 살 수 있으니까. 이 아파트에서는 못 살게 되겠지만 더 저렴한 맨션으로 옮기면 되잖아. 아버지가 사준 다마의 아파트도 있고. 꼭 기치조지에 살아야 된다는 법은 없잖아. 정 그러면 내가 학원에서 아르바이트해도 괜찮고. 푹 좀 쉬어. 보고 있으면 내가 괴로워."

"미안해. 걱정 끼쳐서."

"왜 이렇게 됐을까. 다카스 사건 후로 안 좋아진 거지. 내 탓이야. 너를 이렇게 만든 거, 전부 내가 나쁜 거야."

나는 다시금 이 남자의 아름다운 성품, 좋은 가정교육에서 오는 상냥함, 이 남자가 본질적으로 가진 올바른 마음에 감사했다. 이 정도 되는 남자는 흔하지 않다.

하지만 그럼에도 여전히 나는 그에게 안기는 것을 계속해서 거부했다. 그는 부부라는 이유로 섹스를 강요하는 남자는 아니었다. 억지로 한다는 게 그에게는 불가능했다. 그는 내가 내킬 때까지 계속 기다리겠다고 했다.

루이의 두 번째 편지는 2월이 끝나갈 무렵 눈 오는 날에 도착했다.

나는 밖에 우뚝 선 채로 내리는 눈에도 아랑곳 않고 그 엽서를 몇 번이나 읽었다. 이번엔 쿠알라룸푸르의 그림엽서였다. 공교롭게도 또 차이나타운의 풍경이었다. 태국에서 말레이시아로 이동한 모양이었는데, 차이나타운이라는 건 어딜 가나 비슷비슷해서 그림엽서만으로는 나라의 특색에 따른 차이는 느껴지지 않았다.

별일 없지? 난 아직 소설이 안 끝났어. 찾는 것도 발견하지 못했고. 우리 고양이들은 건강하게 잘 지내? 나는 7킬로가 빠졌지만 그래도 건강해. 목에 난 상처도 나았어. 아시아는 나에게 아주 잘 맞는 곳이야. 이 거리에 있는 말레이시아인과 인도인처럼 오른손만으로 식사할 수 있게 됐어. 일본은 아주 춥겠지. 아무쪼록 고양이들 잘 부탁할게.

여기 쓰인 말 이상의 것은 짐작할 여지가 없었다. 루이는 도대체 무얼 찾고 있는 걸까. 차이나타운과 무슨 관계라도 있는 걸까. 아니면 우연히 그런 그림엽서를 샀을 뿐일까. 루이가 떠난 지 벌써 두 달이다. 나는 난처해졌다. 이렇게 오랫동안 일본을 떠나리라고는 생각지 못했다. 눈은 길거리가 아닌 내 가슴속에 쏟아져 쌓였다. 쓸어내지 않으면 뭉개져버릴 것만 같았다.

그래도 루이가 소식을 전해주니 그나마 살 것 같았다. 루이는 분명 살아 있는 것이다. 무언가를 찾고 있다는 건 생명력이 남아 있다는 말이겠지. 이것만은 말할 수 있다. 루이는 죽으러 간 게 아니다. 내가 두려워하는 최악의 선택지는 있을 수 없는 일이라는 걸 덤덤한 내용으로 알려주는 것이다. 엽서이니 특별한 내용은 쓸 수 없겠지만, 고양이를 돌봐달라고 부탁함으로써 가까스로 나와의 연결고리를 남겨두는 루이의 마음이 기뻤다. 나와의 고리를 끊기 위해 여행을 떠난 루이가 아시아의 어딘가에서 나를 필요로 하고 있다는 기분마저 들었다. 반복해서 꾸는 그 꿈 때문이리라.

"그래도 그렇게 고양이가 걱정되면 얼른 돌아오면 될 텐데."

그날 밤 나는 기하치로에게 그림엽서를 보여주었다. 누구라도 좋으니 루이 이야기를 하고 싶었다.

"작가는 좋겠다. 세계 어디서든 일할 수 있으니까."

"찾는 게 뭐라고 생각해?"

"중국의 오래된 서화나 골동품이겠지, 분명."

역시 말하지 말걸 싶었다. 루이 이야기를 아무것도 모르는 인간이 아닌, 잘 아는 사람과 하고 싶었다. 그런 사람은 유미밖에 없는데, 그 후의 경위를 처음부터 이야기하면 유미는 질려서 화를 낼 터다. 만에 하나 기하치로의 귀에 들어가게 되면 가정 파탄으로 이어질지도 모른다. 가정은 이미 진작에 무너졌는데 나는 모르는 척을 했다. 이혼을 한 번도 생각지 않은 건 아니다. 하지만 지금은 아니다. 지금 이혼을 하면 아버지의 죽음을 쓸데없이 앞당길 뿐이다. 나는 그렇게까지 불효자는 될 수 없다. 손자 얼굴을 보여주는 건 포기하더라도 자랑거리인 사위를 아버지에게서 빼앗을 수는 없었다.

세 번째 편지가 도착한 건 이제 막 떨어진 벚꽃잎이 거리를 물들인, 큰비가 내린 이튿날이었다. 그림엽서에도 연분홍색 꽃잎이 한 장 붙어 있었다. 루이가 만개한 벚나무보다 하룻밤 새 옷을 벗어 벌거숭이가 된 벚나무가 시원해서 더 좋다고 말했던 기억을 떠올리며 그림엽서를 읽었다. 이번엔 싱가포르의 차이나타운이었다. 이제 더는 우연이라고 생각할 수 없었다.

열차와 버스를 타고 말레이반도 남쪽으로 내려와서 여기까지 왔어. 아름다운 곳이고 사람들도 친절하지만 물가가 비싼 게 마음에 안 드네. 그래도 나는 계속 글을 써야 하고, 계속 찾아야만 해. 여기서 안 되면 인도네시아까지 갈 생각이야. 고층 빌딩의 네온을 보면 도쿄가 떠올라. 그리운 사람들이

떠올라. 내 고양이들이 떠올라. 아직 벚꽃은 피어 있어? 벚꽃
이 지면 레오의 진드기 방지 목걸이를 바꿔줘. 늘 미안하네.
고마워.

루이는 에둘러 그리운 쿠치가 떠올라, 하고 말하는 것 같
았다. 나는 종종 꾸는 그 꿈을 생각했다. 루이가 아시아 끝에
서 나를 기다리는 듯한 기분이 들어 견딜 수가 없었다.

이튿날 일 때문에 나카노에 나가게 됐고, 생각보다 빨리
끝이 나서 미타카에 들르기로 했다. 일요일이 아닌 평일 낮에
여기 오는 건 처음이었다. 늘 그렇듯 역 앞 마루쇼 마트에서
사료와 간식 캔, 전갱이와 어묵, 우유를 사서 버스를 탔다. 새
진드기 방지 목걸이도 잊지 않고 샀다. 평일 낮 버스에는 노
인뿐이었다. 흔들리는 버스에서 산뜻한 벚나무를 바라보며,
밀월을 즐길 때 루이가 내 귀에 속삭였던 농담을 떠올렸다.

'난 태풍이 지나간 후의 벚나무가 좋아. 우리가 언젠가 헤
어지게 되더라도 쿠치의 만개 시기가 지나가면 다시 한번 나
한테 돌아와. 그럼 죽을 때까지 사랑해줄게.'

나이를 먹으면 성적 매력이 전부 사라져서 상대방이 더 잘
보이게 된다. 그래서 두 번째 사랑은 죽을 때까지 이어진다.
루이는 그런 말을 한 것이다. 그 무렵엔 정말 사이가 좋았다.
벚나무 아래서 키스를 했다. 그게 영원히 이어지리라고 생각

했다.

맨션 입구에서 우편함을 들여다보자, 그레타가 먼저 뛰쳐나온다. 계단 중간에서 미케도 얼굴을 내밀어 나라는 걸 확인하고는 따라온다. 105호실 앞에 멈춰 서서 야마노베라는 문패를 한번 쓸어내리고 문틈에 우편물 부재 통지서 같은 게 끼어 있진 않은지 체크한다. 절과 맞닿은 담 아래서 레오가 나타난다. 정원으로 나가 비닐 봉투를 부스럭거리니 어디선가 치비와 시로쿠로 짱이 전속력으로 달려온다. 이걸로 전부 모였다. 작가 주제에 고양이 작명 센스가 최악이다. 그레이라서 그레타, 삼색 고양이라서 미케*, 같은 삼색인데 작은 쪽이 치비**, 흰색과 검은색이 섞인 얼룩 고양이는 이 아이만 '짱'을 붙여 시로쿠로*** 짱, 그리고 하얀 고양이는 밀림의 왕자 레오****를 닮아서 레오.

"부를 일 없으니까 이거면 돼."

루이는 그렇게 말했다. 누가 봐도 편애하는 게 확실한 레오와 시로쿠로 짱만 수컷이라는 사실도 납득할 수 없다. 레

---

* 삼색 고양이는 일본어로 미케네코라고 한다.

** 꼬마라는 뜻.

*** 흰색, 검은색이라는 뜻.

**** 만화가 데즈카 오사무의 대표작 중 하나로, 레오는 작중 주인공인 흰 사자의 이름이다.

오처럼 생긴 얼굴도 아닌데, 이 녀석에게만 진드기 방지 목걸이까지 걸어주었다. 루이는 말했다. 맹한 고양이일수록 귀여운 법이야. 여자랑 똑같아.

"배고파? 지금 밥 줄게."

그릇에 사료를 부으려다가 나는 눈을 의심했다. 그릇 세 개 속에 이미 우유와 캔 간식과 사료가 저마다 가득 차 있고 고양이들이 조금씩 입을 댄 후였다. 우유는 아직 차가웠다. 누군가 다녀간 직후인 듯했다. 고양이들은 내 발소리에 반사적으로 반응해 흩어졌다가 늘 밥을 주는 사람이라는 걸 알고 다시 모여든 게 분명하다.

"대체 누가 너희한테 밥 주는 거야?"

고양이에게 물어봤지만 다들 일제히 모르는 척을 했다. 평일에 이렇게 밥을 주는 사람이 있기 때문에 고양이들은 딱히 굶주린 기색도 없이 내가 주는 밥을 별로 먹지 않는 날도 있었던 것이다.

그 후로 한동안 나카노에 나갈 일이 이어진 덕에 평일 낮에 매번 미타카에 올 수 있었다. 그릇은 가득 찼을 때도 있고 비었을 때도 있었다. 하루는 우편함 앞에서 통로를 청소하는 주인과 딱 마주치고 말았다. 나는 고양이들이 나오지 않길 빌면서 재빨리 사료 봉투를 감췄다.

"안녕하세요. 저, 야마노베 씨는 계속 부재중이죠?"

"네. 외국에 나가 있는 모양이에요."

"언제 돌아오는지 아시나요?"

"글쎄요. 길어진다고는 했는데."

"월세는 몇 달 치 내고 갔나요?"

"언제 돌아오게 될지 모른다고, 매달 친구가 내러 와요."

그렇구나, 그럼 그 '친구'가 고양이도 돌보는 게 틀림없다. 내가 알기로 루이에게 친구 같은 건 없다. 루이를 위해 그런 일을 해줄 인간은 나를 제외하면 한 사람밖에 없다.

"그 사람 남자죠? 노비타 군하고 닮은?"

"아뇨, 제가 보기엔 도라에몽 쪽인 거 같은데요."

사람 좋아 보이는 노인은 떨어진 나뭇잎과 꽃잎을 빗자루로 쓸며 싱글싱글 웃었다.

언젠가 고양이가 있는 정원에서 후루마키 씨와 만나게 될 날을 어쩐지 고대하게 되었다. 그와 루이 이야기를 하고 싶었다. 같은 여자를 사랑한 동지 같은 묘한 반가움을 느꼈다.

그러나 나는 후루마키 씨와 만나지 못했다.

이변은 그 무렵부터 시작되었다.

고양이가 한 마리씩 사라지기 시작한 것이다.

15

처음에 미케가 사라지고 다음으로 시로쿠로 짱이 사라졌다.

몰래 절 안에 들어가보기도 하고 인근을 돌며 이름을 부르면서 개다래나무 향을 퍼뜨려보기도 했지만 고양이는 어디에도 없었다. 생각해보면 고양이들은 주인에게 한 번도 이름을 불린 적이 없으니 자기 이름은 모를지도 모른다.

밥이 부족하지는 않았을 터다. 아무리 반(半)길고양이라곤 해도 밥을 주는 다른 곳을 찾아 떠돌고 있다고는 생각하기 어려웠다. 발정기라서 수컷 또는 암컷을 찾아 떠도는 중이라고 생각하는 편이 자연스러웠다. 그렇다면 언젠가 돌아오겠지.

나는 여태껏 해왔듯 다섯 마리 몫의 사료를 준비해서 미타카에 갔다. 두 마리는 아무리 시간이 흘러도 나타나지 않았다. 혹시 교통사고라도 당한 게 아닐까 싶어 미타카 보건소에 전화를 해서 비슷한 고양이의 사체를 처리한 적 없느냐고 물었지만 짚이는 건은 없다고 했다.

"근처 사시는 분이 묻어줬을지도 모르겠네요."

보건소 사람은 그렇게 말했다. 친절한 사람인 듯해 나도 모르게 행방불명된 고양이에 관해 상담을 했다.

"아마 어디서 길을 잃은 것 같아요. 어떻게 찾으면 좋을까요?"

"사진이 있으면 업자에게 맡길 수도 있고, 만약 직접 찾으시려면 경찰 허가를 받고 전단지를 붙일 수밖에 없겠네요. 사진이나 그림과 함께 고양이의 특징과 연락처를 써서요. 그리고 이건 미신인데 현관 앞에 소금을 놓아두면 돌아온다는 말이 있어요."

과연. 세상에는 다양한 미신이 있구나.

"댁처럼 다섯 마리나 있는 경우면 고양이들 세력 싸움에서 쫓겨났을 가능성도 있을 것 같네요. 암컷 고양이가 출산할 때가 되면 모성본능으로 다른 고양이들을 내쫓기도 하는 모양이고요."

하지만 그레타도 치비도 배가 불러오는 기색은 없었다.

"정말 걱정이 많으시죠. 고양이가 없어지면 얼마나 괴로운지 잘 압니다. 아무쪼록 너무 낙심하지 마시고 꼭 조만간 돌아올 테니 느긋하게 기다려보세요."

꼭 루이 이야기를 하는 것 같았다. 고양이를 좋아하는 이 여성분은 누가 버려진 고양이를 데려오면 처분을 해야 하는 입장이 되는 일도 분명 있겠지. 이 세상에는 다양한 미신과 다양한 직업이 있고, 직업에서 비롯되는 슬픔도 그만큼 있다. 쉬운 일은 없는 것이다.

나는 그분의 조언에 감사 인사를 하며 전화를 끊었다. 최소한 발정기의 계절이 끝날 때까지 전단지를 붙이는 건 보류하자고 생각했다.

하지만 그러는 동안 이번에는 치비가 사라지고 말았다.

기하치로의 남동생인 리키 짱이 불쑥 찾아온 건 기하치로가 수학여행 인솔로 집을 비운 5월 말의 일이었다.

"잠깐 근처에 왔거든."

리키 짱은 온 김에 들렀다는 투로 말했지만 무언가 할 말이 있다는 건 바로 눈치챘다. 이 형제는 뭘 숨기지 못하는 체질이다. 내어준 차와 카스텔라를 다 먹은 후에 리키 짱은 하기 힘든 이야기를 꺼내듯 말했다.

"형이 있잖아, 체벌로 문제가 됐다더라고. 최근에 집을 중개해준 손님이 우연히 형네 학교 학부모회에서 알게 된 거야. 영어과에 기타이는 한 사람밖에 없으니까."

처음에는 무슨 이야기인지 영문을 모를 정도였다. 그 기하치로가 폭력을 휘두르다니, 심지어 학생에게 폭력을 휘두르다니 상상할 수 없는 일이었기 때문이다. 그러다 다카스의 얼굴이 떠올랐다. 그 아이라면 분노를 억누르지 못하는 일이 있었을지도 모른다.

"잠깐만. 다카스 군은 진작 퇴학당했을 텐데."

"아니, 그 문제아가 아니라 여학생 얼굴을 때린 모양이야."

"설마. 말도 안 돼."

"나도 그렇게 생각했어. 어릴 적부터 손을 올린 적은 없는 사람이니까."

"어쩌다 실수로 손이 얼굴에 맞은 거 아니야?"

"연속으로 세 명이나?"

"세 명이나 때렸어?"

"그 손님이 그렇게 말하더라고. 의사 진단서까지 가져와서 고소 운운하는 걸 교장이 극구 사과해서 화해시켰다고 하더라."

리키 짱이 듣고 온 이야기에 따르면, 그 일은 방과 후 브라스밴드부의 연습 시간에 일어났다. 연습에 지각하고 계속 잡담을 하는 여학생 셋에게 주의를 줬더니 말대꾸를 하기에 갑자기 때렸다고 한다. 사정없이 왕복으로 따귀를 때린 다음 지휘봉으로 머리를 때렸다고 했다. 학생들은 얼굴이 붓고 이

마에는 멍이 남았다. 부모들 중 극성스러운 엄마가 하나 있어 학교로 달려왔다고 한다.

생판 모르는 남 이야기를 듣는 것 같았다. 그 이야기에서는 내가 아는 기타이 기하치로라는 인간의 그림자를 전혀 찾아볼 수 없었다.

"최근에 뭐 변한 거 있어?"

"아무것도 없어."

나는 평정을 가장하며 말했지만 올 들어 아직 한 번도 섹스를 하지 않은 일, 일요일에도 계속 혼자 내버려둔 일, 내가 집안일을 소홀히 한 탓에 보다 못한 그가 밤중에 세탁기를 돌리거나 쓰레기 분리수거를 하는 일, 그가 혼자서 편의점 도시락을 먹는 빈도가 늘게 된 일 등등, 리키 짱에게 말할 수 없는 일이 잔뜩 있었다. 내가 그의 생일마저 까먹은 그때부터는 가끔 그의 귀가가 많이 늦어지게 되었다. 그럴 땐 늘 술 냄새를 풍기며 돌아와 침대가 아니라 소파에서 잤다.

"그렇다면 다행이고. 교사 일도 오래 하다 보면 이것저것 쌓이니까 체벌 한두 번 정도는 누구나 하는 걸지도 모르겠네."

"요즘 고등학생들 상대하기도 힘들 거야."

"미안해. 괜히 쓸데없는 말을 해서. 어머니가 이번 여름휴가는 니스에서 같이 보내지 않겠냐고 하시던데. 매년 가는 리조트호텔이 있는데 골프나 테니스도 마음대로 할 수 있고 음식도 맛있고 꽤 좋아."

"고마워. 근데 홋카이도에 가야 해서. 마지막 여름이 될지도 모르니까."

"형이 할 일은 잘하고 있어? 씨가 없는 건 아니지?"

"그런 거 아니야."

그 증거로 나는 스물둘에 기하치로의 아이를 임신한 적이 있다. 그에게는 말하지 않고 지웠다. 둘 다 이제 막 취직했을 때여서 아이를 낳는 건 생각할 수 없었다. 그때 지우지 않았다면, 결심을 하고 결혼해서 아이를 낳았더라면 그래도 기하치로는 학생을 때렸을까. 나는 인기 없는 여자 작가와 아수라장 같은 사랑을 했을까. 아버지는 많은 손주들에게 둘러싸여 행복하게 생을 마감했을까.

그건 아무도 알 수 없다. 내가 그때 아이를 낳지 않기로 선택한 것도, 루이와 만난 일도, 기하치로와 결혼한 것도 후회한 적은 한 번도 없다. 다만 딱 하나 후회하는 일이 있다. 내 의지로 그리된 건 아니고 말하자면 운명의 장난이라고밖에 할 수 없지만, 이것만은 있어서는 안 될 일이었다.

그건 루이와 재회해버린 일이다.

고양이 세 마리가 사라진 후에도 그릇에 사료는 계속 가득 채워졌다.

틀림없이 후루마키 씨도 마음 아파하고 있으리라고 생각했다. 나는 시험 삼아 후루마키 씨에게 메모를 적어 그릇 아래에 끼워두었다.

'고양이들은 어떻게 된 걸까요?'

다음번에 갔을 때 메모는 사라지고 답변도 없었다. 읽었는지 알 수 없었지만 다시 한번 시험 삼아 두고 왔다.

'루이가 그리워서 가출한 걸까요?'

하지만 개도 아니고 고양이가 그런 기특한 행동을 한다고는 생각할 수 없었다. 루이가 그리워서 가출하고 싶은 건 나였다. 남편과 아버지와 일, 모든 것을 다 버리고 루이를 쫓아가고 싶은 마음을 어찌할 수가 없었다.

기하치로가 수학여행에서 돌아왔을 때, 나는 체벌 이야기는 언급하는 일 없이 따뜻한 밥을 짓고 자진해서 그를 침대로 이끌었다. 성욕은 눈곱만큼도 없었지만 면목 없는 마음과 오랜 우정 때문에 그를 이대로 내버려둘 수 없었다. 섹스로 무언가를 해결할 단계는 이미 지났지만 조금이라도 그의 울적함이 풀어진다면 내 몸을 써도 상관없다고 생각했다.

"미안해. 계속 혼자 있게 해서 미안해. 이런 거밖에 해줄 수 없어서 미안해."

"그만해. 억지로 그렇게 하는 거 싫어."

"네 아내야, 나."

"네가 아직 낫지 않은 건 알고 있어. 네 마음이 다른 남자 거라는 것도."

나는 어떤 표정을 지어야 할지 알 수 없었다. 남자가 아니라고, 여자라고 말한다고 해서 그의 고통이 줄어든다는 보장도 없다. 오히려 더 혼란하게 만들 뿐이겠지.

"그 남자 고양이 키우지? 늘 고양이털을 묻히고 돌아오니까 알아."

"그건 여행 간 친구 고양이야. 당신도 그림엽서 봤잖아?"

"딱히 비난하려는 건 아니야. 변명 안 해도 돼."

"비난하면 되잖아. 때리면 된다고. 당신한텐 그럴 권리가 있으니까."

"그런 권리 없어."

"있어. 부부잖아?"

"나도 하고 있으니까 없는 거야."

갑자기 그는 터무니없는 말을 꺼냈다.

"뭐야. 누구랑 바람 피우고 있다는 말이야?"

"예전에 사귀었던 국어과 동료 있지? 다른 학교로 옮겼는데 동창회에서 만났거든. 정신 차려보니 호텔이더라."

그 순간의 감정을 어떻게 설명하면 좋을까. 나는 안심했다. 내가 해온 짓에 간신히 면죄부를 얻은 듯한 기분이 들었던 것이다.

"당연한 일이야. 나는 좋은 아내가 아니었으니까."

"그 후로 가끔 전화가 걸려왔어. 그때마다 호텔에 갔고. 섹스가 하고 싶다기보다 이 집에 들어오는 게 괴로워서."

"정말 미안해. 앞으로는 집안일 제대로 할게."

"이제 안 되겠어. 더는 어쩔 수가 없어."

"왜? 내가 원래대로 돌아가도록 노력할게."

"나는 바람이지만 너는 진심이니까."

기하치로는 눈물을 글썽였다. 그가 얼마나 괴로웠는지 처음으로 알게 된 기분이었다.

"헤어지자."

지금껏 몇 번이고 차마 꺼내지 못했을 말을, 그는 한숨과 함께 뱉어냈다.

"이기적인 말이긴 한데, 아버지가……."

아버지가 돌아가실 때까지 기다려줬으면 해. 그렇게 말하려 했지만 나머지 말은 목소리가 떨려 나오지 않았다.

"알아. 지금 당장이 아니라도 괜찮아."

"고마워."

"위자료도 제대로 줄 테니까 걱정 말고."

"그런 거 필요 없어. 내가 줄게."

"바보 같은 소리 하지 마. 이혼한 삼십대 여자란 거 생각보다 힘드니까."

나는 다시금 이 남자와 부부였던 날들이 있었다는 사실을 자랑스럽게 생각했다.

하지만 역시 그는 학생을 때리는 대신 나를 때려야 했다. 나는 그의 커다란 손에 맞아야 마땅했다. 그때 왜 때리고 화내지 않았을까. 앞으로 이런 생각을 하게 될 순간이 몇 번이고 오겠지. 나는 다시금 지옥에 떨어지려 하고 있었다. 루이와 함께 갈 데까지 가볼 생각이었다.

이 나라에서는 매일 아침 4시에 코란을 외치는 우렁찬 소리에 잠에서 깨. 저녁형 인간에게는 이슬람교만큼 민폐인 종교가 또 없을 거야. 건강해? 나는 이제 막 자카르타에 도착했어. 오래전 바타비아라고 불렸던 항구도시 코타에서 그리 멀지 않은 차이나타운에 있어. 내가 묵는 저렴한 숙소에는 자바니스 고양이가 열네 마리 정도 있어서 고양이 없는 적적함을 달랠 수 있어. 숙소 앞에서 노점을 하는 카세트테이프 장수와 코코넛주스 장수가 늘 싸움을 해서 시끄럽지만 재밌는 곳이야. 큰 쇼핑센터 바로 근처에 있어서 장기간 머물기에 아주 편해. 나는 여기서 계속 찾을 생각이야. 계절이 바뀌어도 고양이는 잊지 말아 줘.

그녀가 가장 아끼던 수고양이 레오가 사라졌을 무렵 이 그림엽서가 도착했다. 일본은 장마철에 들어서고 있었다. 이번 엽서에는 지금까지와 조금 다른 점이 있었다. 내용이 좀 더 구체적이었다. 읽으면 읽을수록 열대의 후끈한 바람이 피부로 느껴지고, 차이나타운의 활기차고 번화한 소리가 귀에 들리는 것 같았다. 바타비아라는 말의 로맨틱한 울림은 곧 나를 매료했다. 고양이를 잊지 말라는 건 자기를 잊지 말라는 부탁처럼 느껴졌다. 이제껏 느껴보지 못한 강력한 직감이 나를 흔들었다. 루이는 나를 부르고 있다. 나를 자카르타로 끌어들이고 있다. 나는 그걸 확신할 수 있었다.

고양이가 마지막 한 마리만 남자 나는 가다랑어회와 치즈까지 대접하게 되었다. 간식 캔도 몬페티 골드로 업그레이드하고, 우유도 보통 우유에서 고급 우유로 바꾸고, 닭가슴살에 참치살, 장어구이까지 아낌없이 다 주었다. 이 고양이만은 잃고 싶지 않았다. 그레타는 갑작스럽고 느닷없는 진수성찬에 눈을 희번덕거리며 환희의 울음소리와 함께 허겁지겁 먹었다. 그렇게까지 기뻐해주니 나도 여한이 없었다.

"다들 어디로 가버린 거야?"

한바탕 먹어치우고 앞발을 핥는 그레타에게 말을 거니 목을 골골 울리며 내 손에 머리를 부딪쳐왔다.

"그렇구나, 너도 외로운 거지."

쓰다듬어주니 골골 소리가 땅울림처럼 커졌다. 그럼에도 눈은 아주 불안해 보였다. 인간의 발소리가 들리기만 해도 움찔 경계를 하며 숨으려 한다.

"고양이 납치범이 있는 거야? 그렇지? 납치범이 전부 데려가버린 거지?"

하지만 누가 도대체 무얼 위해 그런 짓을 한단 말인가. 거기다 이 조심스러운 고양이들을 포획하려면 저항이 보통이 아니었을 터다. 굉장히 따르는 인간에게만 다가가니까.

기상청이 장마가 끝났음을 발표했을 무렵, 마지막 고양이가 사라졌다.

그릇에는 내가 지난주에 넣어둔 회가 악취를 풍기며 파리를 꾀고 있었다. 그 그릇 아래에 책 같은 게 놓여 있는 것을 발견했다. 후루마키 씨가 뒤늦게 내 메모에 답을 준 건가 싶어 집어보았다.

그건 아시아의 차이나타운만을 모아둔 사진집이었다. 찍은 사람은 이소무라 도시미쓰라는 사진가로, 사진집 말미에 실린 약력에 의하면 전 세계의 차이나타운을 찍는 일을 라이프워크로 삼고 있다고 한다. 사진집은 그 외에도《뉴욕의 차이나타운》《LA의 차이나타운》《요코하마의 차이나타운》《인도차이나반도의 차이나타운》등이 있었다. 이《동남아시아의 차이나타운》은 그의 다섯 번째 사진집이었다.

후루마키 씨의 의도를 헤아리지 못한 채 나는 급하게 페이지를 들춰보았다.

그러다 한 페이지에서 전율하며 숨을 삼켰다.

거기엔 루이가 찍혀 있었다.

아니, 그건 루이가 아니었다.

루이와 같은 얼굴을 한 쌍둥이 남동생이었다.

16

    루이를 쏙 빼닮은 청년이 차이나타운의 너저분한 거리에서 캐치볼을 하고 있다.

    오른쪽 길에는 한방약이며 과일을 파는 가게, 왼쪽 길에는 천과 귀금속을 파는 가게가 어수선하게 북적인다. 오른손에는 글러브를 끼고 왼손에는 공을 쥔 청년은 기름이 뜬 물웅덩이 안에 샌들을 신은 한쪽 발을 담근 채로 가볍게 투구 자세를 취하고 있다. 캐치볼 상대는 보이지 않는다. 그러니 어쩌면 벽에 공을 던지는 걸지도 모른다. 표정에는 편안한 기색이 없다. 그는 관광객처럼 보이기도 하고 현지 젊은이처럼 보이기도 한다. 잘 그을린 갈색 얼굴 속에서 엷은 초승달을 품은 짐승의 눈이 반짝인다.

    사진집의 발행일은 작년 12월 1일이다. 내가 루이와 재회하기 전의 일이다. 루이가 언제 이걸 봤는지는 모르겠지만, 이 사진을 보고 남동생을 만나러 간 게 틀림없다. 루이가 찾는 건 남동생이었던 것이다.

이 사진집에는 방콕, 쿠알라룸푸르, 싱가포르, 자카르타의 차이나타운 사진이 수록되었는데, 지역별로 구분되어 있고 사진마다 간단한 캡션이 달려 있었다. 그래서 어느 거리의 사진인지 바로 알 수 있는 구성이었지만, 차례 페이지와 후기 페이지에 사용된 사진만 장소 정보와 캡션이 없었다. 이 사진은 후기 페이지에 실려 있었다.

발행처는 한 번도 들어본 적 없는 출판사로, 대충 훑어보기만 해도 오탈자가 쉽게 눈에 띄어 굉장히 조잡한 느낌이었다. 그래서 그 부분만 깜빡 잊은 것이리라. 장정도 싸구려에 레이아웃도 아마추어 냄새가 났다. 하지만 사진은 나쁘지 않았다. 그 장소의 소리나 냄새까지 피어오를 것처럼 생생하고 현장감 넘치는 힘 있는 사진들이었다. 이 사진가는 차이나타운의 난잡한 에너지를 사랑했다. 이국에서 살아가는 중국인들의 당찬 모습을 사랑했다. 그들의 표정 하나하나에 경외심과 공감, 우정과 탐욕스러운 호기심이 담겨 있었다.

나는 출판사에 전화를 걸어 이소무라 도시미쓰 씨의 연락처를 얻었다. 사무실 겸 자택 번호로 전화를 거니 부인인 듯한 여자가 받아 용건을 물은 후 본인을 바꿔주었다. 나는 실례되지 않도록 조심하며 이 사진집의 후기 페이지에 실린 사진이 어느 지역인지를 물었다.

"아아, 그 사진은 인도네시아의 자카르타예요. 그런 데서 캐치볼을 하는 건 흔치 않아서 무심코 셔터를 눌렀죠."

그렇게 대답한 후에 이소무라 씨는 말했다.

"그러고 보니 전에도 같은 질문을 받은 적이 있다고 아내가 그러더군요. 사실 그땐 제가 일 때문에 미국에 있었는데, 아내는 몰라서 그 사람에겐 가르쳐주지 못했지만요."

"그게 언제쯤인가요?"

"작년 말이었을 거예요."

역시 루이다. 그렇다고 해서 이 네 도시의 차이나타운을 샅샅이 뒤지다니 제정신이 아니다. 루이답다고 하면 루이답지만 정상적인 행동은 아니다. 한 도시의 차이나타운을 뒤진다니 정신이 아찔해지는 이야기다. 루이는 왜 그렇게까지 해서 남동생을 찾아내고 싶었던 걸까.

"이 사진에 무슨 문제가 있나요?"

"아는 사람과 너무 닮아서요."

"저도 그 사람은 일본인일 거라고 생각했어요. 일본인이라면 좀 위험하지 않을까 싶었죠."

"왜 그런가요?"

"그 사람을 찍은 장소는 차이나타운 중에서도 가장 깊숙한 곳이거든요. 외국인은 들어가기 힘든 뒷골목 중의 뒷골목 구역이에요. 아편굴도 있고 매춘업소도 있는 중국 마피아 소굴이거든요. 전 그런 곳에 갈 땐 반드시 가이드를 고용하고 뇌물도 써요. 그러지 않고서는 한 발짝 걷기도 힘든 곳이라서."

나도 모르게 등골이 서늘해지고 가슴이 뛰었다. 루이는 지금 그런 곳을 헤매고 있는 것이다.

"그럼 그 사람은 마피아에게 팔려 간 걸까요?"

"아뇨, 자기 의지로 거기 있는 사람처럼 보였어요. 눈빛이 굉장히 날카롭고, 얼빠진 느낌은 전혀 없었거든요."

"뭘 하고 있었던 걸까요?"

거기서 도시미쓰 씨는 입을 다물었다가 잠시 후 물었다.

"많이 친한 사람인가요?"

"아뇨, 그렇지는 않아요."

"그럼 말해도 되려나. 이건 제 직업적인 감인데, 그 사람은 거기에 살면서 일을 하는 거예요. 가끔 거기에 오는 게 아니라요. 아마 몸을 파는 게 아닐까요. 카메라를 들이댔더니 사냥감을 보는 듯한 눈으로 저를 봤으니까요."

눈앞이 새까매졌다. 그런 사진을 찍는 사람의 감은 믿을 수 있을 것 같았다. 루이의 단 하나뿐인, 세상 가장 사랑하는 남동생이 차이나타운 뒷골목에서 남창이 되었다. 그걸 루이가 안다면 도대체 어떻게 되는 걸까. 상대는 루이다. 남동생을 죽이든지 함께 타락하든지, 어느 쪽이건 그 미래에 있는 건 완벽한 지옥뿐이다.

더 이상 여기서 이러고 있을 때가 아니었다. 이튿날 출근 길 전철에서 도중에 내려 자카르타까지 가는 항공권을 샀다. 그대로 회사에 가서 일주일 휴가신청서를 제출했다. 부장은 떨떠름한 얼굴을 했지만, 아버지가 중태라고 말했더니 사정을 아는 만큼 흔쾌히 허가해주었다. 기하치로는 이혼 이야기 후로 거의 집에 들어오지 않고 그 여자 집에서 학교로 출근했기 때문에 딱히 양해를 구할 필요는 없었다. 메모라도 남겨둘까 했지만 쓸 말이 하나도 생각나지 않았다.

나는 여벌의 옷 조금과 달러를 잔뜩 챙기고, 인도네시아 가이드북, 그리고 캐치볼을 하는 청년의 사진을 오려내어 가방에 넣고 비행기에 올라탔다. 자카르타에서 온 그림엽서에는 호텔 이름조차 없었지만 일단 차이나타운까지 가서 큰 쇼핑센터 근처에 있으면서 늘 카세트테이프 장수와 코코넛 장수가 숙소 앞에서 다투는, 그리고 고양이가 열네 마리나 있는 저렴한 숙소를 찾으면 된다. 그런 숙소가 그리 많지는 않을 터다.

반드시 루이를 찾아내서 일본에 데려오겠다고, 나는 그렇게 결심했다. 무슨 짓을 해서라도 루이를 깊숙한 구덩이 밑바닥에서 끌어내야 한다고 생각했다. 이번에야말로 나는 루이에게서 도망칠 수 없었다. 루이의 지옥을 받아들이고 루이와 함께 지옥 속에서 살 생각이었다. 그러지 않으면 앞으로의 내 인생은 상실의 연속뿐인 삶이 되고 만다. 모든 인간에게 딱 한 사람, 자신을 위해 태어난 반쪽이 있다면 나의 반쪽은 루이였다. 그걸 깨닫는 게 너무나도 늦었다.

공항에 도착한 후 택시로 코타라는 곳까지 가서 우선은 눈에 들어온 중급 호텔에 숙소를 잡았다. 가이드북에는 이 부근이 차이나타운이라고 쓰여 있었다. 피부에 얽혀드는 열기와 소란스러움. 남쪽 나라에만 있는 과일의 향기. 인도네시아도, 동남아시아도 처음이었다. 외국에 혼자 오는 것도 처음이었다. 길을 지나는 인간이 모두 호객꾼이나 소매치기로보인다. 한시도 마음을 놓을 수 없다.

첫날 밤은 호텔에 체크인한 것만으로 녹초가 되었다. 1층에 있는 레스토랑에서 나시고랭이라는 볶음밥과 콜라로 식사를 마치고 샤워를 한 다음 곧장 침대로 파고들었다. 이 거리 어딘가에 루이가 있다고 생각하면, 밀려드는 불안을 이겨낼 수 있었다. 루이와 만나지 못하거나 루이에게 거절당하면 어떡하나 하는 불안으로 나는 잘게 으깨어질 것만 같았다.

새벽 4시였다. 확성기에 의해 증폭된, 땅울림처럼 굵직하고 탁한 목소리가 갑자기 머리맡으로 기어드는가 싶더니 영창도 독경도 아닌 독특한 가락을 동반한 소리가 울리기 시작했다. 그건 곧 이중창이 되고 삼중창이 되어 날 밝기 전의 고요함을 깨트렸고, 그들은 아직 어둑한 가운데 무언가에 쫓기듯 격렬하게, 생명을 깎아내는 것처럼 내가 알아들을 수 없는 말을 외치고 있었다.

그 한결같음은 장사꾼의 선전 따위가 아니다. 정당의 홍보도 아니다. 군대의 연습도 아니다. 부부싸움도, 학교 운동회도 아니다. 그것은 기도다. 근처 모스크에서 오늘도 아침 기도가 시작된 것이다.

이 도시에 온 지 사흘째 되는 아침이었다. 매일 아침 있는 일이긴 하지만, 알람시계보다 더 정확한 시간에 억지로 잠을 깨울 때마다 이교도인 나는 불쾌함과 불안감에 휩싸인 채 눈을 뜬다. 그리고 늘 같은 생각을 한다. 온 거리에 울려 퍼지는 저 모스크의 확성기로 이 거리 어딘가에 있을 루이에게 소리쳐 메시지를 전하는 일은 불가능할까, 하고.

커다란 쇼핑센터는 금방 발견했다. 싱겁게도 내가 머무는 호텔 바로 옆에 아메요코* 같은 거대한 글로독** 쇼핑센터

---

* 도쿄 우에노역과 오카치마치역 사이 좁은 거리에 위치한 도쿄 최대 규모의 재래시장.

** 인도네시아 자카르타에 위치한 차이나타운.

가 있는데, 누구에게 물어도 여기가 가장 크다고 했다. 나는 이곳을 중심으로 골목길 하나하나에 다 들어가 저렴한 숙소를 찾아다녔다.

하지만 카세트테이프 장수와 코코넛 장수의 노점은 어디에나 있었다. 시부야에서 수제 액세서리를 파는 외국인과 티슈를 나눠주는 남자를 찾는 격이었다. 결정적 근거가 될 요소는 역시 고양이밖에 없을 듯했다.

"인도네시아어로 고양이를 뭐라고 하나요?"

호텔 프런트 직원에게 영어로 물었더니 쿠칭이라고 알려주었다. 쿠치라는 말과 아주 비슷하다. 눈에 보이지 않는 곳에서 루이와 이어져 있는 것 같아 역시 오길 잘했다는 생각이 들었다.

"쿠칭이 많이 있는 저렴한 숙소 모르나요?"

"일본에는 쿠칭이 없어요?"

"그런 건 아닌데 자바니스 고양이가 보고 싶어서요."

"아, 그거라면 동물원에 무조건 있어요. 동물원에 가봐요."

그런 질문을 한 내가 나빴다. 호텔에 저렴한 숙소를 물어봐야 소용이 없다. 나는 아침부터 밤까지 차이나타운을 돌며 두리안을 파는 아저씨나 바자이라는 삼륜차 택시의 운전사, 길에서 튀김을 만드는 노점 아주머니에게 말을 걸어 같은 질문을 계속했다. 그러나 차이나타운에 저렴한 숙소는 차고 넘

칠 만큼 많았고, 골목길 안쪽을 걷다 보면 고양이 한두 마리
는 반드시 볼 수 있었다.

시장에서 쿠칭에 대해 묻자 식육 코너로 안내하더니 막 털
을 벗긴 싱싱한 고깃덩어리를 내밀었다. 그건 어떻게 봐도
고양이였고, 나는 무심결에 고개를 돌렸다. 정육점 주인은
앞니 빠진 입을 칠칠맞지 못하게 벌리고 그걸 저울 위에 올
리더니 갓 잡아서 신선하다는 듯한 말을 중국어로 했다. 나
는 구역질을 참으며 그 시장에서 도망쳤다.

루이는 노점에서 밥을 먹는다고 그림엽서에 쓰여 있었기
에 나도 레스토랑이 아닌 노점에서 하루 세끼를 먹었다. 위
생은 불안했지만 어디서 무얼 먹어도 실패가 없는 데다 믿
을 수 없을 만큼 저렴했다. 내가 가진 달러는 전혀 줄지 않았
다. 매번 다른 가게로 가서 옆에 앉은 손님이나 가게 사람에
게 고양이가 많은 저렴한 숙소에 대해 묻고, 루이의 남동생
사진을 보여주며 이 사람을 아는지 물었다. 아침 식사로 먹
을 죽을 냄비 가득 사러 온 주부나 양복 차림으로 점심 정식
을 먹으러 오는 샐러리맨, 방과 후 간식 대신 국수를 먹는 초
등학생에게까지 물었다. 영어가 통하지 않아 무시당하는 게
7할, 무표정하게 고개를 젓는 게 2할, 이제 막 배운 일본어로
떠들어대며 헌팅을 하려는 이가 1할 정도 되었다.

닷새째 오후, 결국 배탈이 났다. 극심한 더위에 백기를 들

고 먹어버린 빙수 탓이었다. 인도네시아의 빙수는 일본의 빙수와 전혀 다르다. 아이스 카창이라고 부르는데, 과육과 젤리, 팥, 흑설탕, 연유 등이 산더미처럼 수북하게 쌓인 호화로운 일품이다. 생수는 절대 마시지 않으려 했는데 빙수가 생수로 만들어진다는 사실을 깜빡 잊을 만큼 더위와 습기가 대단했다. 격렬한 설사가 멈추질 않아서 반나절 동안 호텔방에서 나오지 못했다.

그날 저녁, 이제 이틀 후면 일본에 돌아가야 한다는 급박한 마음을 안고 그 커다란 쇼핑센터 식료품 매장에 미네랄워터와 초콜릿을 사러 갔다. 복통이 낫지 않아 그런 것밖에 받아들일 수 없을 듯했다. 우왕좌왕하고 있을 때, 고양이 사료를 박스째로 잔뜩 사들이고 있는 중국계 아주머니가 눈에 들어왔다. 온몸에 고양이털이 붙어 있었다. 거기다 고양이 그림이 그려진 티셔츠를 입고 있었다. 나는 아주머니를 뒤쫓고 싶은 마음을 억누르지 못하고 그걸 실행에 옮겼다.

아주머니는 큰길을 2, 3분 직진하더니 왼쪽 골목길로 꺾어들어가서 잠시 걷다가 다시 오른쪽으로 꺾어 좁다란 골목길의 막다른 곳에 있는 2층짜리 집 안으로 들어갔다. 거긴 내가모르는 골목길이었다. 집 앞에는 카세트테이프를 파는 노점이 있고 인도네시아 팝 음악을 시끄럽게 울리고 있었다. 그옆에선 남자 하나가 코코넛을 짜고 있다. 자세히 보니 그 집에는 숙소 간판이 걸려 있었다.

나는 몸을 떨며 안으로 들어갔다. 프런트에는 살찐 고양이가 앉아 있었다. 그 앞이 아담한 로비이고, 금발의 배낭여행객이 고양이와 나란히 앉아 TV를 보고 있었다. TV에는 수하르토 대통령이 나오고 있었다. 프런트 고양이에게 헬로, 하고 말을 걸었더니 안쪽에서 고양이 세 마리가 튀어나와 내 다리에 엉겨 붙었다. 뒤이어 방금 전 그 고양이 아주머니가 고양이를 안고 나타났다. 여기는 고양이의 집이었다. 이곳이 틀림없다고 나는 확신했다. 루이가 여기서 고양이들에게 둘러싸인 모습이 눈앞에 선연히 그려졌다.

"헬로?"

"안녕하세요. 여기에 일본인 여성이 묵지 않나요?"

"루이?"

나는 아주머니에게 와락 안기고 싶은 충동을 억누르고 울지 않도록 애쓰면서 여권을 꺼내어 보였다.

"네, 그 사람이요. 저는 그녀의 친구예요. 여기로 불러줄 수 있나요?"

"루이, 지금 없어요. 여기 없어요."

그녀는 서툰 영어로 그렇게 말했다. 너무 낙담한 나머지 나는 살짝 눈물을 머금었을지도 모르겠다.

"외출 중인가요? 그럼 여기서 기다릴게요."

나는 로비의 소파에 앉아 기다리겠다는 시늉을 했다. 루이와 만날 때까지 절대 움직이지 않을 생각이었다. 아주머니는 곤란한 표정을 짓더니 안쪽을 향해 외쳤다.

"리!"

이번엔 고양이가 아니라 중국인 소년이 나왔다. 아주머니가 소년에게 빠른 중국어로 떠들자 소년이 고개를 끄덕이곤 내 쪽으로 다가왔다. 따라오라고 말하는 듯한 몸짓을 하고 걷기 시작하기에 아주머니를 봤더니 루이라거나 고고라는 말을 반복하며 나를 재촉한다. 소년이 루이가 있는 곳으로 데려가준다는 뜻일까.

허둥지둥 뒤따라가니 소년은 좁은 골목길을 구불구불 돌아 어느 이발소로 들어갔다. 이발소에 손님은 없고 한가해 보이는 남자들 여럿이 모여 TV를 보고 있었다. TV에서는 세제 광고가 나오고 있었다. 소년은 그중 한 사람에게 무어라 속삭이더니 얼굴이 각진 다치바나 다카시* 같은 풍채 좋은 중국인을 데리고 밖에 나왔다. 아무래도 그 남자가 루이가 있는 곳을 아는 모양이었다.

인도가 끝나자 소년은 내게 오른손을 내밀어 보수를 요구했다. 잔돈을 건네니 불만스러운 듯 입을 샐쭉거리기에 천

---

* 　잡지 〈문예춘추〉에서 주로 활동한 저널리스트 겸 논픽션 작가(1940~2021).

루피아 지폐를 한 장 주었더니 썩 기쁘지도 않은 얼굴로 받아 갔다. 참고로 그 고양이 저택의 하루 숙박 요금은 1만 루피아부터라고 적혀 있었고, 그건 내가 묵는 호텔의 10분의 1 정도 되는 가격이었다.

다치바나 다카시는 바자이를 잡아서 먼저 올라타더니 내게도 타라고 했다. 이대로 어딘가에 끌려가 가진 걸 다 털리는 게 아닐까 생각하지 않은 건 아니지만, 나는 다치바나 다카시를 좋아하기 때문에 왠지 이 남자도 미워할 수 없어서 타고 말았다. 어찌 됐든 이 남자는 루이와 연결되어 있을 터였다. 바자이가 속도를 올려 달리기 시작하자 역시 못 견디게 불안해졌지만, 남자의 옆얼굴을 수시로 보고 다치바나 다카시를 떠올리며 이렇게 닮았으니 나쁜 사람일 리 없다고 필사적으로 스스로를 타일렀다. 가는 동안 내내 남자는 한마디도 하지 않았다.

어디를 어떻게 달렸는지 기억나지 않는다. 지독한 한방약 냄새가 사방에 자욱한 가게 앞에서 내렸다. 어스름이 진짜 어둠으로 바뀌고 있었다. 나는 남자에게 이끌려서 가게 안으로 들어갔다. 강렬한 약 냄새와 함께 느닷없이 뱀과 살모사가 꿈틀대는 수조가 눈에 확 들어와 나도 모르게 뒤돌아 도망치고 싶어졌다.

가게를 지키는 건 팔랑대는 얇은 종잇장 같은 노인이었다.

노인은 우리를 확인하더니 순간 간살스럽게 웃었다. 다치바나 다카시의 임무는 여기서 끝인 듯했다. 아까 전 그 소년보다는 덜 노골적으로 손을 내밀기에 나는 소년의 열 배를 지불했다. 남자는 그걸 주머니에 넣더니 다시 손을 내밀었다. 흔쾌히 악수에 응했지만 남자는 나지막한 목소리로 파이브, 하고 말할 뿐이었다. 결국 총 5만 루피아를 내야 했다.

다치바나 다카시가 돌아가자 이번엔 노인이 안내료 교섭을 시작했다. 1만을 제시하니 코웃음을 치고 3만에는 돌아가라고 하더니 5만 역시 턱도 없다며 거절하기에 거기서 1만씩 올렸더니 노인은 짜증을 내며 "20만" 하고 딱 잘라 말했다.

20만 루피아면 약 1만 엔이 아닌가. 그렇게까지 위험한 장소에 간다는 말인가. 노인은 1루피아도 깎아주지 않았다. 내겐 그 이상 흥정할 기력도 없었다. 차이나타운의 가장 깊숙한 구역에 발을 들인다는 건 이렇게 여러 인간에게 조금씩 돈을 뿌리지 않고서는 한 발짝도 앞으로 갈 수 없는 일을 의미하는지도 몰랐다.

가게 뒷문을 통해 밖으로 나오자 갑자기 풍경이 확 변했다. 거기서부터 슬럼이 시작되었다. 그곳은 마치 빈곤과 죽음이 결혼한 듯한, 이 세상의 막다른 곳 같은 장소였다. 음식물쓰레기와 썩은 시궁창의 강렬한 냄새가 코를 찌르고, 느릿한 바람을 타고 짓물러 터진 과일 냄새와 기름으로 내장을 볶는 듯한 냄새가 날아왔다. 그 냄새에 익숙해지자 이번엔 눅눅한 귀지와 낫토*를 뒤섞어 삶은 듯한 냄새가 섞였다가 소변과 대변의 냄새로 바뀌었다. 거기 더해 나의 후각은 시큼한 위액과 1년 정도 빨지 않은 양말의 냄새를 구분해냈다.

앞장선 노인을 따라 걷자 맨발의 아이들이 무언가 내게서 훔칠 게 없을지 일제히 눈을 빛냈다. 정체 모를 남자들과 매춘부들은 킥킥 소리 없는 웃음을 흘렸고, 허리 아래가 없는 거지에게 발목을 꽉 붙잡혔다. 비명을 지르자 노인이 거지를 쫓아주었는데, 그걸 신호 삼아 모든 골목길에서 맹인 거지와 팔 한쪽이 없는 거지, 아이 딸린 거지들이 뛰쳐나와 내 옆에 모여들더니 울거나 화를 내거나 노래를 했다. 코란을 읊는 이도 있었다.

나는 눈과 귀와 마음을 틀어막고 그곳을 지나쳤다. 진득한 밤공기마저 흙탕물을 머금고 달빛도 노랗게 빛났다. 한 걸음 옮길 때마다 나도 이 세계의 온갖 악이란 악에 물들어 쓰레기와 무기력에 오염되는 것 같았다. 노인은 무시무시하게 낡은 어느 건물로 나를 안내하고는 거기서 사라졌다. 그 안에는 갈비뼈가 훤히 드러나고 천 갈래 강줄기가 흐르듯 온몸

---

*   삶은 대두를 발효·숙성시켜 만든 일본 전통 발효식품. 강렬한 향과 점도가 높은 끈끈한 식감이 특징이다.

이 주름진 노인이 있었다. 방금 전 노인이 여든이라면 이 노인은 백팔 세 정도는 되었으리라. 건물 안은 작은 방 여러 개로 나뉘어져 있는데 각 방에는 작은 창이 나 있고 작은 침대와 파이프가 놓여 있었다. 노인은 어느 방 앞에서 멈춰 서더니 창 안을 들여다보라고 몸짓으로 말했다.

거기서 본 것을 나는 평생 잊지 못한다.

아편 파이프를 입에 문 채로 졸고 있는, 루이의 극도로 행복한 표정을.

17

나는 노인에게 터무니없이 많은 돈을 쥐여주고는 루이를 흔들어 깨워 밖으로 끌고 나왔다.

슬럼의 한가운데에서 루이는 몽롱한 상태로 갑자기 내 목을 물었다. 나는 일단 주위의 호기심 어린 강렬한 시선에 노출되는 것을 피하기 위해 앞쪽 싸구려 여인숙으로 뛰어 들어갔다. 루이의 의식이 정상으로 돌아올 때까지 거기서 쉬게 할 생각이었다. 슬럼의 골목길은 너무 복잡해서 쉽게 출구를 찾을 수 있을 것 같지도 않았다.

거긴 정말이지 싸구려 여인숙이라는 말이 잘 어울리는 방으로, 습기와 끈적임이 가득하고 수많은 사람들의 체취와 땀과 정액이 찌들어 붙어 발밑부터 끔찍한 곳이었다. 욕실에는 샤워기조차 없이 타일 발린 좁은 욕조에 물이 들어차 있고 플라스틱 물통이 놓여 있을 뿐이었다. 그 옆에 뚫린 작은 구멍이 화장실인 모양이었다.

우롱차를 푹 졸인 듯한 색의 커튼을 닫은 후 나는 루이의 옷을 벗기고 차가운 물을 끼얹었다. 루이는 어린아이처럼 흐느껴 울며 젖은 몸을 내 쪽으로 들이밀었다. 자의식이 와해된 상황에서조차 이렇듯 내 가슴을 간절히 원하는 루이를, 나는 성모의 자애로 감싸 안았다. 루이는 내 가슴을 문 채로 다시금 잠에 빠져들었다.

침대 속에서 루이는 몇 번이나 무시무시한 신음 소리를 냈다. 듣고 있는 내 억장이 무너질 것 같은 목소리였다. 악몽 사이사이에 구토를 반복하고 오한이 심해, 천장의 팬을 멈추고 시트를 한 장 더 받아 와 밤새 루이의 몸을 쓸며 덮혀주었다.

나도 어느새 잠들어버린 모양이었다.

새벽녘 기도 소리도 들리지 않았다. 정신을 차려보니 커튼 틈새로 아침 햇살과 웅성거림이 새어 들고 있었고, 루이가 여태껏 본 적 없는 따뜻한 미소를 머금고 나를 지그시 바라보고 있었다. 나도 수줍게 웃어 보이며 말했다.

"와버렸네."

"용케 알아냈네. 그 아편굴을."

"그것보다 고양이 저택을 찾아내는 게 더 힘들었어."

"정말 이런 곳까지 용케도 와줬네."

한동안 못 본 새에 머리칼이 자라고 하얗던 피부가 눈에 띄게 탔다. 루이는 아주 어른스러워 보였다. 나는 참지 못하고 그 머리칼을 만졌다.

"어젯밤 일 기억나?"

"쿠치가 온 건 기억나. 그 후엔 계속 춥고 괴로웠어."

"계속 거기 틀어박혀 있었던 거야?"

"거의 기억이 안 나."

"그나저나 찾으려던 건 발견했어?"

루이는 그 말에는 대답하지 않고 일어나 커튼을 열러 갔다가 눈이 부셔 앞을 가리고 잠시 그 자리에 웅크려 앉았다.

"괜찮아?"

"한 며칠 그 굴속에 있었던 것 같네. 햇빛이 너무 눈부셔서 눈물 나와."

"계속 안 먹었지? 지금 먹을 거 사 가지고 올게."

"아무것도 못 먹겠어."

나는 밖으로 나가 노점에서 참 수이라고 부르는 중국식 당면요리와 수프와 밥을 주문하고 방까지 배달받았다. 전부 100엔 정도밖에 들지 않았지만, 그건 내가 이제껏 먹은 중국요리 중 가장 맛있었다. 루이는 수프에 입을 대는 게 고작이었는데, 맛있다며 전부 다 먹어버렸다. 그걸 먹고 기운이 난 모양인지 다른 접시에도 젓가락을 대기에 죽과 튀김을 추가로 주문했다. 죽에는 두툼한 게살이 잔뜩 들어 있어 끝없이 더 먹고 싶을 정도였다. 그릇을 돌려주러 갔을 때 나는 노점 아저씨에게 경의를 담아 팁을 건넸다.

배가 찬 다음에는 마음의 굶주림을 채울 차례였다. 우리는 다음 날 아침까지 그 서글픈 방에서 한 발짝도 나가지 않고 곰팡내 나는 습한 시트를 뒤집어쓰고 지냈다. 밖에서는 바자이 달리는 소리, 매춘부들의 떠들썩한 웃음소리, 남자들의 싸움 소리, 장사꾼들의 메아리가 요란하게 흘러들었다. 시끄러운 소리도, 끈적끈적하게 피부에 휘감기는 열대의 더위도 신경 쓰이지 않았다. 죽음에 가장 가까운 희열. 그것은 그런 종류의 쾌락이었을지도 모른다. 루이의 집중력은 대단했다. 핥고, 빨고, 손가락을 움직이고, 숨을 내뿜고, 속삭이고, 신음하고, 성기를 문지르고, 물고, 빨아들였다. 정열적이고 헌신적으로, 확고한 열정에 가득 찬 채로. 나는 온몸의 신경이란 신경이 죄다 녹아내려 스스로도 믿을 수 없을 만큼 음란한 목소리를 내지르며, 이대로 죽어도 좋다고, 나를 죽여도 좋다고 처음으로 생각했다. 루이는 쾌락이라기보다 죽음을 향해 돌진하는 듯한 느낌이었다.

날이 밝아오자 루이는 간신히 이야기를 시작했다.

"열다섯 살부터 열아홉 살까지 남동생이랑 둘이 살았어. 아버지는 교도소에, 어머니는 정신병원에 있었으니까. 우리는 이란성쌍둥이지만 어렸을 적엔 부모님도 구분을 못 할 만큼 많이 닮았었어. 동생 이름은 미쓰루인데 나는 미쓰 짱이라고 불렀어. 합쳐서 미쓰루이*, 그런 이름을 붙일 정도로 야구를 좋아하는 거면 아버지는 더 야구에 매달렸으면 좋았을 텐데. 그런데 동생에게 자기 꿈을 대신 이루게 하려는 생각밖에 안 하는 사람이었어. 명문고에 넣기 위해서 스파르타 교육을 하고 매주 일요일에는 도쿄 야구교실에 다니게 하고 좋은 몸을 만들기 위해 영양사까지 고용했지. 기르던 강아지 이름까지 고시엔에서 따온 고시였어. 그런데 엄마도, 나도, 그리고 실은 동생도 야구 같은 거 딱 질색이었어. 아버지가 없는 데서 늘 동생이랑 같이 고시를 괴롭혔지. 남동생은 아버지의 집념에서 도망치고 싶었고 어머니는 아버지에게서 아들을 돌려받고 싶었을 거야. 두 사람은 섹스를 한 건 아니야. 그저 엄마가 남동생을 안고 있었을 뿐인데 그걸 아버지가 보고 남동생을 금속 배트로 때려 죽이려고 했어. 남동생은 저항도 안 했고. 어머니가 미친 듯이 울면서 비명을 질렀지."

---

* 　미쓰(滿)와 루이(壘)를 더하면 풀 베이스를 뜻하는 야구용어 만루가 된다.

"루이는…… 루이는…… 그걸 지켜보고 있었던 거야?"

"아마도. 잘 기억은 안 나지만. 이웃 사람이 구해줬을 거야. 남동생은 중태였지만 목숨을 건졌고 척추에 손상을 입고 청각을 잃는 걸로 끝났어. 하지만 어머니는 정신이 이상해져서 지금도 착란상태야."

루이의 몸은 조금씩 온도를 잃고 차갑게 식어가는 듯했다. 나는 열심히 몸을 비벼 체온을 나누어주고자 했다.

"남동생이 퇴원한 후부터 둘이서 살기 시작했어. 후에 재활을 해서 걸을 수 있게 됐지만 한동안은 휠체어 신세였고 귀도 전혀 들리지 않았지. 부모님은 친척과 왕래가 없었기 때문에 내가 돌볼 수밖에 없었어."

"생활비는 어떻게 했어?"

"외할아버지가 보내줬어. 한 번도 만난 적은 없지만. 근데 NHK에 나온 적이 있어서 얼굴은 알고 있었어. 굉장히 품위 없는 얼굴이었지. 내가 소설을 발표했을 때 전화를 해서는 자기 이름은 절대 매스컴에 내지 말아 달라고 하더라."

과연 품위 없는 인물이라고 나도 생각했다.

"남동생은 걸을 수 있게 되자 어느 날 갑자기 집을 나가버렸어. 경찰에도 신고하고 온갖 수단을 다 썼지만 찾을 수가 없었지. 그 사진집을 볼 때까지 10년 가까이 행방을 몰랐어. 이미 죽었을지도 모른다고 생각했고."

"그래서 여기까지 찾으러 온 거구나."

"그 사진, 봤어?"

"봤어. 후루마키 씨가 보여줬어."

"아무리 그래도 캐치볼이라니! 그렇게나 야구를 싫어했으면서."

"그래서, 찾았어?"

루이는 도리질하듯 몸을 비틀며 가는 숨을 토했다.

"늦었어. 5월에 죽었더라고. 에이즈로."

루이는 그렇게 말하곤 표정 없는 눈으로 제 손바닥을 물끄러미 응시했다. 손가락 다섯 개가 제대로 잘 있는지 확인하는 듯한 모습으로. 그러나 루이는 그 무엇도 보고 있지 않았다. 그 눈동자 속 초승달은 무거운 구름에 온통 뒤덮여 그림자도 없었다. 나는 루이가 부서져 조각나지 않도록 살짝 등 뒤에서 끌어안았다.

"이제 됐어. 더 이상 말 안 해도 돼. 일본에 돌아가자. 나랑 같이 돌아가자, 루이."

루이는 가볍게 고개를 끄덕였다.

"이제 무슨 일이 있어도 안 떠날 거야."

루이는 몇 번이고, 몇 번이고 고개를 끄덕였다. 이토록 온화하고 다정한 루이의 얼굴을 본 건 처음이었다. 그러나 그때 나는 시체를 껴안고 있었는지도 모른다.

한숨 자고 일어나니 루이가 사라지고 없었다.

두고 간 편지에는 이렇게 쓰여 있었다.

'걱정하지 마. 조금 늦어지겠지만 혼자서 일본에 돌아갈게. 거기서 만나자. 루이.'

나는 바자이를 잡아 슬럼을 빠져나온 후 혹시 몰라 고양이 저택으로 돌아가보았다. 그러나 이미 루이는 체크아웃한 후였다. 로비에는 어제의 그 배낭여행객이 똑같은 자세로 TV를 보고 있었다. 똑같은 고양이도 옆에 있었고, TV에는 수하르토 대통령이 나오고 있었다. 순간 어제로부터 전혀 시간이 흐르지 않은 건 아닐까 싶을 정도였다. 슬럼에 갔던 일도, 아편굴에서 루이와 만났던 일도, 변두리의 싸구려 숙소에서 했던 황홀한 섹스도, 루이의 긴 속사정 이야기도, 모든 것이 이 차이나타운이 보여준 백일몽이었던 건 아닐까. 아니면 어딘가에서 아편을 흡입당한 내가 환각에 빠졌던 건 아닐까?

손목시계를 보니 바늘이 멈춰 있었다. 주머니에 넣어둔 루이의 편지도 없어졌다. 다만 이 손안에 루이의 차가운 몸의 감촉만이 언제까지고 남아 있을 뿐이었다. 정말로 화상이라도 입을 것처럼 차가운 몸이었다. 얼음을 끌어안은 듯했다.

그게 야마노베 루이에 관한 마지막 기억이다.

설마 그 이후로 루이와 만나지 못하게 되리라곤 꿈에도 상상하지 못했다.

도쿄로 돌아가 집에 가기 전에 먼저 미타카에 들렀지만, 루이도, 루이의 고양이들도 애초에 존재하지 않았던 것처럼 사라진 채였다. 소리 없이 고요한 정원에 매미 소리가 스미듯 번졌고, 덧문이 내려진 105호실은 예전에 사람이 살았던 흔적마저 지우고 완고하게 닫혀 있었다. 오래된 빨간 자전거에는 숙명적으로 녹과 먼지가 들러붙었고, 우편함 안에는 연하장과 복중 인사 엽서*가 동거 중이었다.

나는 그 여름 내내 고양이가 사라진 정원에서 그저 멍하니 매미의 합창을 들었다. 마치 거기서 그렇게 있으면 고양이들도, 루이도 훌쩍 돌아올 것처럼.

그 여름 끝자락에 아버지가 돌아가셨다.

선고된 기한까지 아직 조금 시간이 있었지만 늦더위가 극심한 어느 날 저녁에 상태가 급변해 갑자기 돌아가셨다. 인도네시아로 떠날 때 아버지가 중태라고 거짓말을 하고 휴가를 얻었던 벌을 받는 것이라고 생각했다.

삿포로의 장례식장에서 기하치로를 만났다. 그는 나보다 더 많이 울었다.

---

* 7월 말에서 8월 초 사이의 무더운 날에 지인이나 손윗사람에게 안부를 묻기 위해 보내는 엽서.

생각해보면 우리는 늘 누군가의 장례식에서 재회한다.

"이제 헤어지는 마당에 이런 말 하는 것도 좀 그렇지만."

아버지를 화장한 후에 기하치로가 살짝 귓속말을 했다.

"또 더 좋은 여자가 됐네."

"상복 입은 여자가 그렇게 보이는 건 아니고?"

"아메미야 장례식 때도 분명 같은 말을 했지만 그때랑은 전혀 달라. 레벨이. 지금의 넌 처절하게 아름다워. 이렇게 아름다운 여자랑 결혼했었다는 게 믿기지 않을 정도로."

"잃게 되니 더 좋아 보이는 것뿐이야."

"그 남자랑 헤어졌지?"

"왜?"

"그런 얼굴을 하고 있으니까."

"헤어지고 안 헤어지고 그런 문제가 아니야. 레벨이 달라."

그렇다. 그런 레벨의 문제가 아니었다. 나와 루이는.

가을이 된 후 나와 기하치로는 정식으로 이혼했다.

나는 기치조지의 아파트를 정리하고, 구니타치에서 도보로 25분 거리에 있는 아담한 1층짜리 단독주택을 빌렸다. 6조 크기의 방 하나에 4조 반 크기의 방이 두 개, 거기에 4조 반 정도 되는 주방이 있어 혼자 살기엔 너무 넓지만, 둘이서 살기엔 그럭저럭 적당한 구조였다. 게다가 무엇보다 여기에는 줍긴 해도 정원이 있었다. 낡은 곳이라 고양이를 길러도 괜찮다고 했다. 집 앞에는 양배추밭이 펼쳐져 있고 공원이나 도서관에도 걸어서 갈 수 있었다.

나는 역까지 통근용으로 탈 겸 장을 볼 때 쓰기 위해 자전 거를 샀다. 4조 반 크기의 방 하나를 비워두고 루이가 언제 들어와도 괜찮도록 카펫을 깔고 커튼도 달아두었다. 주변의 길고양이에게 조금씩 사료를 주는 것도 잊지 않았다. 정원에 허브를 심고 망가진 평상을 수리하고 집 안 페인트도 다시 발랐다. 그렇게 나는 루이를 기다렸다.

도큐핸즈 쇼핑몰에서 산 우편함에 서적 소포 하나가 도착 한 건, 옆집 감나무가 우리 집 땅에 큼직한 열매를 떨어뜨리 기 시작했을 무렵이었다. 발신인의 이름은 없었지만 하쿠토 샤 출판사의 이름이 찍힌 봉투였기에 후루마키 씨라고 생각 했다. 거기에는 야마노베 루이의 세 번째 작품인 신간이 들 어 있었다. 제목 다음 페이지를 연 나는 다리가 떨림과 동시 에 그 자리에서 무너져내렸다. 거기에는 작은 고딕 문자로 이렇게 쓰여 있었다.

쿠치에게 바친다.

그걸 본 순간, 왜인지 나는 루이를 영원히 잃은 기분이었 다. 루이가 이 집에 올 일은 결코 없으리라는 예감이 들었다.

그 작품은 앞선 두 작품과는 전혀 다른 밝은 야구소설이었다. 그건 루이의 첫 단편소설집이었다. 모든 단편에 노베야마 미쓰라는 이름의 루키가 주인공으로 등장한다. 동네야구에서 고교야구로, 고시엔에서 프로야구로, 2군에서 1군으로, 후보에서 주전으로, 그리하여 신인왕의 자리에 오르기까지. 그 과정 중 특정 날의 특정 게임을 잘라내어 소년에서 청년, 청년에서 어른이 되어가는 성장 이야기와 함께 그려낸 산뜻한 청춘소설이었다. 또한 어느 한 가족의 회복 이야기이기도 했다.

이제까지의 독자는 화를 내겠지만 나만은 루이를 칭찬해주고 싶었다. 루이는 처음으로 자신의 가족을, 그리고 자신의 생을 용서한 것이다.

나는 책에 대한 감사 인사를 하기 위해 후루마키 씨에게 전화를 걸었다.

"네, 그 원고는 루이 씨가 아시아 각지에서 조금씩 보내온 거예요."

"루이는 지금 어디에 있을까요? 아직 거기에 있을까요?"

"그게, 저도 연락이 안 되서요."

"남동생 일은 들으셨나요?"

"엇, 찾았나요?"

나는 루이에게 들은 이야기를 그대로 후루마키 씨에게 말했다. 전화 저편에서 후루마키 씨의 얼굴이 창백해져가는 모습이 눈에 보이는 것 같았다. 긴 침묵 끝에 그는 깊이 절망한 목소리로 "그렇군요. 죽었군요" 하고 말했다. 꼭 자기 혈육을 잃은 사람처럼.

"그런데 그녀의 이야기엔 거짓이 하나 있어요."

"뭔가요? 근친상간 이야기 말인가요?"

"그건 사실이에요. 단지 상대가 어머니가 아니었어요. 그녀 자신이었죠."

아아, 하고 나는 생각했다. 나도 어렴풋이 그런 느낌이 들었기 때문에 그리 놀라지 않았다.

"그녀의 첫 소설처럼 말이죠?"

"그 남매는 부모님을 죽이는 대신 교도소와 정신병원에 가 됐습니다."

"왜 거짓말을."

"아마도 그녀가 남동생보다 더 많이 사랑한 유일한 사람이 당신이었기 때문이겠죠."

나는 그것으로 충분하다고 생각했다. 역시 루이는 이미 죽은 것이었다. 그 슬럼의 싸구려 여인숙에서 나와 섹스를 한 것이 망령이었다 해도 상관없다. 누가 뭐라고 하건 그것이야말로 이 세상 최고의 섹스였다. 다만 함께 데려가주지 않은 것을 나는 원망했다.

전화를 끊었을 때, 루이의 책 사이에 섞여 들어가 있는 고양이털을 발견했다. 하얀 털과 회색 털이었다. 그걸 본 순간 구르듯이 집을 나서 자전거를 타고 미타카로 달렸다. 차에 치일 뻔하고 밭으로 떨어져도 다시 전속력으로 페달을 밟았다. 덧문을 굳게 닫은 그 어두운 방 안에 루이가 있다는 것을, 나는 분명히 느낄 수 있다. 빨간불을 무시하고, 할머니를 치고, 채소 가게 앞을 들이박아도 자전거를 멈추지 않았다. 루이는 계속, 계속, 계속, 계속 거기서 나를 기다리고 있었던 거다. 나는 루이와 함께 갈 생각이었다. 흰 장미의 심연까지 갈 생각이었다.

저자 후기*

이 소설을 발표하고 무려 20년이라는 세월이 흘렀다. 20년
이라는 건 조금 아찔할 정도의 시간이다. 세상에도, 나 자신
에게도 많은 변화가 있었다.

먼저 세상 이야기를 하자면, LGBT를 둘러싼 사회적 상황
이 조금씩 착실하게 변화하고 있다. 20년 전과는 비교도 안
될 만큼 섹슈얼 마이너리티의 시민권이 향상되고, 세상 사
람들의 편견도 어느 정도 줄어든 듯하다. 어떤 국회의원이
"LGBT는 아이를 만들지 못하니 생산성이 없다. 그들을 지지

---

* 《흰 장미의 심연까지》의 초판은 2001년 슈에이샤에서 발행되었다. 이후
  2021년 가와데쇼보신샤에서 문고판으로 출간되며 저자 후기가 새롭게 수록
  되었다.

하는 데 세금을 투입할 필요는 없다"며 나치 같은 발언을 하거나 또 어느 구의회의원이 "동성애가 퍼지면 아다치구는 망한다"는 어처구니없는 발언을 할 때마다 사회 각 방면에서 비판이 끓어오를 정도의 수준으로는 이 나라의 민감도가 높아진 것처럼 보인다. 동성애를 테마로 한 영화나 드라마도 제법 늘었다. 20년 전이라면 좀처럼 스폰서가 붙지 않아 제작을 마지못해 포기해야 했을 종류의 영화가 이제는 당연한 듯이 공개된다.

그렇다고는 해도 아직 일본에서 동성애는 인정받지 못하는 상태이고, 파트너십 제도를 도입한 자치체도 극히 드물다. 세상에는 동성애를 범죄 취급하여 비인도적인 형을 선고하는 나라도 있다. 표면상으로는 LGBT의 인권이 향상해 당사자들이 20년 전만큼 기죽지 않게 된 것처럼 보이지만 본질적인 차별은 여전히 사라지지 않았다. 신이 이성애를 바탕으로 한 생식과 종의 보존을 전제로 이 세계를 만들어낸 그때부터, 동성애자가 어디까지나 이단자로서의 숙명을 십자가처럼 짊어져야 한다는 점에는 변함이 없다. 여전히 봉건적인 일본 사회에서 LGBT라는 사실을 커밍아웃하는 건 직장을 잃거나 친구를 잃을 위험성을 품은 일이다. 20년으로는 어림도 없고 200년 정도 지나지 않고서는 진정한 변화는 일어나지 않을지도 모른다.

그리고 내 이야기를 하자면, 오래전 그렇게 심혈을 기울여 거의 목숨을 걸고 계속 써 내려갔던 '여자×여자 연애소설'을 더는 쓰지 않게 되었다. 내 인생에서 연애라는 것이 사라져버렸기 때문이다. 연애할 기회도, 정열도, 흥미까지도 말끔히 다 사라졌다. 그리고 그런 것들에 어떤 미련도 느끼지 않는다. 마흔에서 예순이 되었으니 어쩔 수 없는 일이리라. '전신(全身)연애소설가'라는 명예로운 칭호(?)는 정중히 반납해야 할 듯하다. 동성애는 이제 내게 절실한 테마가 아닌 것이다. 연애 사건의 번뇌에서 해방되어 진심으로 고독을 즐길 수 있는 경지에 도달했으니 나이를 먹는 일도 그리 나쁘기만 한 건 아니라는 생각이 든다.

그런데도 내게는 여전히 '레즈비언 작가'라는 꼬리표가 계속 따라붙는다. 인터넷에서 내 이름 위에 수식어처럼 따라붙는 그 말을 발견할 때마다 역시 상처를 받는다. 아마도 이 꼬리표는 한평생 나를 따라다닐 것이다. 뿐만 아니라 죽은 후에도 '나카야마 가호=레즈비언 작가'라고 계속 불리게 될 터다. 그 꼬리표를 떼어버리고 싶어 다양한 테마에 도전해온 것이 내 후반생의 작가 업적이라 할 수 있다. 그러나 아무리 발버둥을 쳐도 이 꼬리표를 떼어낼 수 없었던 건 몹시 원통한 일이다. 물론 동성애를 테마로 한 소설을 썼던 것에 일말의 후회도 없고, 나름 자랑스럽게 여기는 작품도 몇 편 있다.

이《흰 장미의 심연까지》는 지금 다시 읽어보면 너무 엉성해서 부끄러운 부분도 있지만, 젊을 때가 아니면 불가능한 기세와 절실함이 응축되어 있는 작품이다. 이처럼 심플한 러브스토리를 언젠가 다시 한번 써보고 싶다. 20년분의 경험치를 몽땅 버리고서, 내일을 살아갈 희망도 없이 벌벌 떨며 원고 앞에 앉았던 그 시절의 가진 것 없던 나처럼.

(참고로 이 소설을 발표한 건 마흔 살 때지만, 초고는 삼십대 초반에 썼다.《새우등 왕자》《천사의 뼈》를 쓴 후이니 가장 초기 작품이라 할 수 있다. 미치루 씨를 떠난 후 쓴 첫 번째 작품이었다.)

에로스와 타나토스, 사랑과 죽음이 이 세상의 전부다.

가장 초기부터 말년까지 나는 딱 한 가지만을 생각하며 소설을 쓰고 있다.

미칠 듯이 아름다운 소설을 쓰고 싶다

라는 것.

인생은 잔혹한 것이어서 가도카와문고에서 나온 책을 빼면 내 책은 대부분 절판되었다. 문학상 따위 아무 소용도 없다는 뜻이다. 전자책으로 작품을 다 읽을 수 있다곤 하지만 역시 종이책이 유통되지 않으면 독자에게는 가닿기 힘들다. 이 소설을 가와데문고에서 복간해주어 기쁜 마음이다. 특별히 큰 개정 없이, 현대에 적합하지 않은 말만 최소한으로 수

정했다. 이번 복간으로 가와데쇼보신샤의 쓰지 준페이 씨에게 신세를 졌다. 책의 무덤과도 같은, 절판이라는 진창 속에서 이 소설을 발견해내고 건져 올려주셔서 정말로 감사드린다. 사실 코로나 탓에 아직 그와는 한 번도 만나지 못했다. 언젠가 만나게 될 날을 고대한다.

이 소설을 필요로 하는 한 명이라도 더 많은 독자가 어느 서점 한구석에서 이 책과 조우할 수 있길 바라며. 살지 말지를 고민하고 있을 때,

"그 책 안 사시나요?"

라는 말이 당신에게 들린다면, 그건 나의 목소리다.

2021년 6월

나카야마 가호

옮긴이의 말

　성별은 관계없었다. 이 사람이라면 나의 고독을 메워줄 수 있
으리라는 식의 계산을 한 것도 아니다. 나는 루이가 쓴 소설의
이상적인 독자도 아니었다. 그저 애처로우리만치 순수한 영혼
의 조각에 아주 살짝이라도 스쳐버린 이상, 거기서 눈을 돌릴
수 없게 된 것이다. 좀처럼 만나기 힘든 그런 상대와 한 우산 아
래에 들어가버리면 끝도 없이 곁에 꼭 붙어 있고 싶어지는 게
내 성격이었다.(34쪽)

　퇴근길에 들른 서점에서 책 한 권을 손에 들고 고민에 빠
진 대수롭지 않은 순간, 낯선 누군가가 다가와 말을 건다. 삶
을 온통 뒤흔들어놓을 수라장 같은 '사랑'이 무심한 얼굴로
나타나 어깨를 두드리는 순간이다. 그런 사랑과 잠시라도

"한 우산 아래에 들어가" 걷게 되면, 순간 방심해 발이 쑥 빠지고 나면 그때부터는 돌이킬 수 없다. 일상에 금이 가고, 삶은 행복과 고통 사이에서 치열해진다. 울게 되고, 악을 쓰게 되고, 무모해진다. 주저앉았다가도 앞뒤 없이 전력을 다하게 된다. 그러다 문득 정신을 차려보면 사라진 그 사람을 찾기 위해 생경한 남쪽 나라로 날아가 악취 나는 뒷골목을 헤매고 있는 것이다. 삶을 그처럼 뜻 모를 곳으로 휩쓸어가기도 하는 위력적인 사랑이 가져다주는 희열과 쾌락, 그에 대가처럼 뒤따르는 모든 고통스럽고 불완전한 마음의 굴곡들. "지옥은 언제나 천국 속에 존재하는" 것이라 말하는 저자의 신념이 이 한 권에 다 담겨 있다.

《흰 장미의 심연까지》는 평범한 회사원 생활을 하며 서른이 넘어 뒤늦게 글을 쓰기 시작한 나카야마 가호가, 스스로 말하기를 아직 "작가 미만"이던 시절, 작가가 되고자 하는 필사적인 마음을 담아 사력을 다해 써 내려간 그녀의 초기작이다. 그 뜨거운 에너지와 긴장감이 모든 문장에 고스란한 이 연애소설은 1998년에 탈고했으나 순문학 작가의 사랑 이야기는 팔리지 않는다는 이유로 출간을 거절당해 서랍 속에 잠들었다가, 2001년에 우연히 지면을 얻어 세상에 나왔다. 제14회 야마모토 슈고로상을 수상하며 탄탄한 이야기를 갖춘 훌륭한 대중소설로 낙점을 받았고, 그녀는 여성과 여성의 강렬한 사랑 이야기를, 그 속에 흐르는 농밀한 에로스를 아름답게 그려내는 '연애소설가'로 대중들에게 눈도장을 찍었다. 그리고 20년이 흐른 2021년, 이 책의 절판을 아쉬워한 어느 편집자의 강력한 의지에 의해 다시금 종이책으로 복간되었다.

작품은 도쿠코가 뉴욕의 어느 서점에서 루이와의 첫 만남을 회상하는 장면으로 시작된다. 이제 막 소설 한 편을 출간한 무명의 순문학 작가 루이는 성별의 같고 다름을 무의미하게 만들 만큼 매력적이지만, 차마 다 끌어안기 힘든 사람이다. 때로는 너무 뜨거워서 버겁고, 때로는 너무 차갑게 식어 서늘한 사람. 매일같이 찾아와 사료를 조르다 어느 날 훌쩍 사라져 마음을 졸이게 하는 길고양이 같은 사람. 감히 상상하고 헤아리기 힘든 참담한 과거를 속에 감춘, 그럼에도 소년 같은 맑음을 잃지 않은 사람. 반면 평범한 회사원 도쿠코는 볕이 잘 드는 보통의 범주 안에서 늘 안전하게 살아왔다. 작지만 편안한 집, 오래 만난 다정한 남자친구, 안정적인 직장과 수입, 따뜻한 가족. 안락한 삶을 살기 위해 필요한 것들을 대체로 다 갖춘 그녀는 그늘지거나 구부러진 곳 없이 밝고 솔직한 사람이다. 작품은 이토록 서로 다른 두 사람의 연애를, 그 격정적인 시작과 끝을 도쿠코의 시선으로 그려낸다. 내일이 없을 것처럼 절절하고 달콤하게 사랑을 나누다가도 금세 질투와 분노로 서로의 몸과 마음에 상처를 입혀 피를 뚝뚝 흘리게 만드는 독기 어린 연애. 육체적인 쾌락과 폭발하는 감정들로 점철된 두 사람의 연애는 평범함과는 거리가 멀다. 패악을 부리며 문을 박차고 나갔다가도 '달걀 삶는 법' 따위를 물으며 되돌아오는 루이를 도쿠코는 삶에서 밀어내지 못하고 관계는 도돌이표처럼 계속되지만, 결국 아버지의 병이라는 현실 앞에서 그녀는 한번 부러지고 만다. 그리고 이어지는 루이의 실종, 그런 루이를 쫓아 과감하게 인도네시아로 향하는 도쿠코의 여정과, 모든 것이 불탄 후에 잔해처럼 남은 마지막 이야기까지, 저자는 이 모든 소용돌이 같은 사랑 이야기를 군더더기 없이 절제된 문장 속에 솜씨 좋게 담아낸다. 단순하지만 감각적인 문체로 이야기를 끌어나가는 힘은 이 소설의 가장 큰 매력일 것이다.

이 작품에 앞서 《새우등 왕자》《천사의 뼈》등의 소설을 통해 이미 커밍아웃한 저자는 여성 간의 사랑과 에로스를, 그 섬세한 아름다움과 이면의 외로움을 탁월하게 그려낸다. 도쿠코가 루이를 통해 여성과의 에로스에 눈을 뜨는 과정, 과감하지만 잘 정제된 성애 묘사는 특히 인상 깊다. 또한 소설가가 되기 전 연극의 연출자 겸 배우로 활동했던 저자의 이력이 고스란히 녹아든 것처럼 극적인 대사들은 이야기에 긴장감과 흡입력을 더한다. "최근 '파멸형'의 소설을 이토록 비비드하게 그려낸 작품은 없다", "백일몽을 꾸는 것처럼 함께 취해 있는 기분"(제14회 야마모토 슈고로상 심사평 중에서)이라는 평가처럼, 이 작품은 머릿속에 각인되는 선명한 장면들로 읽는 이를 단숨에 이야기 속으로 빨아들인다.

이 작품의 집필 당시를 회상하며 저자는 다음과 같이 말한다.

스스로를 칼날처럼 예리하게 갈아 가능한 한 높은 곳에서 곤두박질쳐 다이빙하는 방법 말고는 독자의 마음 깊숙한 곳에 꽂힐 힘을 가진 소설을 쓸 수 없다고 생각했던 흔적이 있다. 아니, 무의식중에 그런 방법으로밖에는 쓸 수 없었던 것이리라. (중략) 이 작품은 나의 모든 작품 중에서 가장 인기가 높다. 야마모토 슈고로상이라는 빈티지 라벨 때문만은 아니라고 생각한다. 어떤 종류의 사람들의 마음속에 곧게 다이빙할 수 있는, 젊었기 때문에 가질 수 있었던 희유한 순발력을 이 작품이 갖추었기 때문이고, 두 번 다시 내가 쓸 수 없는 마지막 청춘소설이었기 때문이라는 생각이 든다.

나카야마 가호, 《소설 쓰는 고양이》(쇼덴샤, 2011)

"높은 곳에서 곤두박질쳐 다이빙"해서 읽는 이의 마음속에 곧게 꽂혀드는 소설, 복잡한 생각이나 해석 없이 그저 책장을 넘기다 보면 어느새 시간을 잊게 되는 소설. 누구에게나 그렇게 아슬아슬하고 뜨거운 소설이 필요한 순간이 있다. 이 책의 번역을 제안받았던 시기의 내가 그러했고, 번역 작업을 하는 동안만큼은 생각들의 감옥에서 해방되어 오롯이 '루이'와 '도쿠코'의 세계에 흠뻑 빠져 있을 수 있어 좋았다. 아마도 거기 없을 루이를 향해 페달을 밟아 달려가는 도쿠코의 마지막 모습이 오래 기억에 남을 듯하다.

한국에는 처음으로 소개되는 매력적인 작가 나카야마 가호가 청춘을 담아 써 내려간 이 사랑 이야기가 누군가의 시간을 정신없이 사로잡을 수 있기를, 저자의 말대로 한 명이라도 더 많은 독자가 서점 어딘가에서 이 책과 조우하게 되기를 바라며.

김재원

흰 장미의 심연까지

1판 1쇄 발행 2023년 2월 20일

지은이 · 나카야마 가호
옮긴이 · 김재원
펴낸이 · 주연선

(주)은행나무
04035 서울특별시 마포구 양화로11길 54
전화 · 02)3143-0651~3 ㅣ 팩스 · 02)3143-0654
신고번호 · 제 1997—000168호(1997. 12. 12)
www.ehbook.co.kr
ehbook@ehbook.co.kr

ISBN 979-11-6737-262-8 (03830)